D1677850

LICHTFLUSS

GRETA ADOLF-WIESNER

IMPRESSUM

Autorin
Greta Adolf-Wiesner

Künstlerische und redaktionelle Beratung
Karin Kassal, Barbara Prochazka, www.dasenergieteam.info

Grafische Gestaltung
baba grafik & design, www.baba.at

Verlag
Roses & Quarks, www.rosesandquarks.com

Printed in Austria, 1. Auflage 2010
ISBN: 978-3-9503046-0-2

Gender-Formulierung
Bei allen Bezeichnungen, die auf Personen bezogen sind, meint die gewählte Formulierung beide Geschlechter.

DANKSAGUNG

Mein Dank richtet sich an alle, die den Weg gehen
und den Mut haben, auf ihr Inneres zu hören.
Ich danke allen Pionieren, die in diesen Zeiten vorangehen.

Mein spezieller Dank richtet sich an Barbara und Karin,
die das Buch mit mir gemeinsam gestaltet haben.

Ohne sie gäbe es dieses Buch nicht.

Wir waren die drei MusketierINNEN, die mit Freude
und Leichtigkeit erfahren haben, was es bedeutet,
wenn Menschen im selben Geist zusammenarbeiten:
Mühelosigkeit, Vertrauen und Selbstverständlichkeit.

Die Autorin Dr. Greta Adolf-Wiesner studierte
Soziologie und Psychologie in Wien und arbeitete
viele Jahre als Psychotherapeutin in eigener Praxis.
Nach jahrzehntelanger vertiefter Auseinandersetzung
mit grenzüberschreitenden Erkenntnissen in der
Evolution des Bewusstseins begleitet sie nun
Menschen auf ihrem spirituellen Weg.

Es ist ihre Überzeugung, dass jeder Mensch
das Wissen um seine Entwicklung vollkommen
in sich trägt und dass es wesentlich und möglich ist,
dieses innere Wissen zugunsten eines freien,
selbstbestimmten und glücklichen Lebens freizusetzen.

LICHTFLUSS

für Lana, Mina und alle Kinder, die uns nachfolgen und vorausgehen

„Lass uns mal was Neues tun:
einen Kuchen packen
statt ihn zu backen,
die Glieder versenken
statt sie zu verrenken,
dem Berge entrinnen
statt ihn zu erklimmen,
verwegen
einen Tauchkurs in Regenpfützen
belegen"

Greta

EINLEITUNG

Die nachfolgenden Seiten habe ich für alle geschrieben, die sie lesen wollen. Sie sind Ausdruck einer Arbeit, die wir „Lichtfluss" nennen und die seit vielen Jahren dazu dient, uns mit uns SELBST zu verbinden. Möge es allen dienen, die auf dem Weg zu sich selbst sind. Danke an alle, die mitgewirkt und mitgeholfen haben, dass es werden konnte. Gott verfügt über kein Copyright, daher lade ich alle ein, reichlich Gebrauch von diesen Zeilen zu machen und sie jederzeit in eigener Sache zu verwenden.

Klug ist, wer weiß, dass mehr Samen mehr Ernte bringen. Und wer spendet die Samen, die hier gesät werden? Kommen sie aus meinem Kopf? Sind sie nicht vielmehr unser aller Gut, die wir die Reise gemeinsam machen? Wer war zuerst da: die Henne oder das Ei? Wirklich wichtige Ideen tauchen immer zeitgleich in der Geschichte der Menschen auf. Sie fallen als göttliche Vision in unsere Köpfe und wer den Mut und die Begabung dazu hat, ist aufgerufen, sie auszudrücken. Wie der geschätzte Leser ist auch die Verfasserin eine ewig Dazulernende, eine neugierige Person, die nie aufgehört hat zu fragen. Jetzt, da ich dieses Buch schreibe, sind zumindest einige wesentliche Fragen beantwortet. Es ist diese Sicherheit in mir, die es mir erlaubt, diese Zeilen zu Papier zu bringen. Dieses Buch ist spontan entstanden und hat kein Inhaltsverzeichnis. So kann der Leser es einfach spontan auf einer Seite aufschlagen und den entsprechenden Text genießen.

Die kursiv gedruckten Texte sind direkte Botschaften von „Spirit", während die anderen Texte meine eigene Position widerspiegeln. Meistens ist darin nicht viel Unterschied zu erkennen. Im Laufe der Jahre sind die Positionen ganz nah aneinander herangerückt. Dennoch besteht ein Unterschied. Wenn ich „Spirit" schreibe, denke ich keine Sekunde nach, ich lasse einfach zu, dass fließt, was fließen will, und sich alles ausdrückt, was sich ausdrücken will.

„Spirit" – so nenne ich jene Kraft, die die Essenz dessen ausdrückt, was wir sind. Spirit ist liebevolle Begleitung und Hilfe auf dem Weg. In Spirit fließen die Ströme des Persönlichen und des Überpersönlichen zusammen. Materie und Geistigkeit vereinen sich zu einem Ganzen, das wir sind. Indivduum und All-Einheit erscheinen in dem Spiel, das wir unser Leben nennen. Spirit bedient sich dabei des wachsenden Verständnisses im Menschen, sich dieser Einheit bewusst zu werden.

In den Texten erscheint oft das Wort „Gott". Ich mag dieses Wort, denn für mich ist Gott kein alter Mann mit weißem Bart und erhobenem Zeigefinger. Es gibt jedoch Menschen, die dieses Wort nicht mögen, weil sie unangenehme Assoziationen dazu haben. Es steht natürlich jedem frei, das Wort Gott durch die Worte Alleinheit, Liebe, höchste Intelligenz, All-das-was-Ist, das Ewig-Seiende, Quelle, Schöpfung, Schöpfer, Vollkommenheit etc. zu ersetzen.

Die kleinen Kunstwerke im Buch sind von Lana, meinem Enkelkind, Marian, meinem Sohn (als er klein war), und von mir.   *Greta Adolf-Wiesner, Wien, im Herbst 2010*

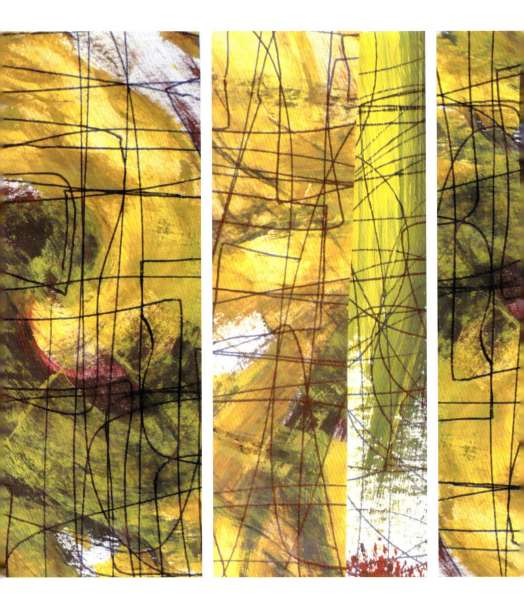

SPIRIT: AN ALLE WESEN

Die Zeit ist gekommen, da das Licht eine neue Erde gebiert. Mühsal und Schmerz weichen und die neue Ära der Menschheit bricht an. Noch stecken manche von Euch in den Wehen und plagen sich bei der Geburt. Doch es werden immer mehr, die verstehen, dass es leicht und immer leichter gehen kann, dass die Hingabe an den Wandel und die Geburt der neuen Welt in Freude geschehen dürfen.

Ihr alle habt Anteil an diesem Wandel. Er geschieht durch Euch und durch Euch wird diese neue Welt des Friedens, der Freiheit, der Freude geboren. Ihr seid Schöpfer und dies wird Euch nun bewusst. Nach langen Phasen des Suchens und der Dunkelheit bricht der neue Morgen an und glasklar und leicht verständlich zeigen sich die Gesetze für alle, die sie anwenden wollen. Wer aus freiem Willen ja sagen kann, dem wird die Schwere der Vergangenheit genommen, die Erinnerung an das, was war und nicht mehr gebraucht wird.

Neugeboren und jungfräulich geht Ihr in den anbrechenden Morgen der Menschheit. Kein Karma wird Euch angelastet, alle seid Ihr freigesprochen von den Ursachen und Wirkungen der vergangenen Gedanken und Ereignisse, damit Ihr unbelastet kreieren könnt, was Euch und dem Wohle des Ganzen dient. Ihr nennt es einen Quantensprung, viel Altes wird außer Kraft gesetzt und verliert die Wirkung. Damit dies jetzt möglich wird, haben viele Pioniere den Weg geebnet. Wir danken allen dafür. Es waren jene Wesen, die sich stark und kraftvoll für den Wandel eingesetzt und die Geburt des Neuen vorbereitet haben.

Nun ist der Wandel weitgehend vollzogen für all jene, die den Reigen eröffnet haben, und große Mengen von Menschen werden nachfolgen und in Leichtigkeit und Harmonie die Gesetze des Kreierens anwenden und sich mit offenem Herzen der Liebe hingeben. Das Gesicht der Erde wird sich wandeln, es wird sich verjüngen und in Schönheit strahlen. Schneller, als ihr denkt, werden Kriege aufhören, Neid, Hass, Zank, Missgunst usw. werden vergehen und eine neue Form des Miteinanders wird sich zeigen. Das alles kann viel schneller geschehen, als die Gedanken der Menschen es fassen können. Öffnet Euch und haltet die Wunder in jedem Augenblick für möglich. Jedes offene Herz strahlt in großer Kraft und rettet viele Leben.

Die Zeit der Opferseelen und Märtyrer ist vorbei, dank all jenen, die ihr Leben für den Frieden der Welt gegeben haben. Doch nun, Freunde, zieht die letzten Splitter vom Kreuz aus Euren Herzen und öffnet Euch für den wiedergeborenen Christus, für das reine Licht.

Jedem Menschen ist das Wissen um seine höchste Entwicklung in seine Zellen gelegt. Der Himmel hat seine Wege, die Menschen zu einen. Denn dieses EINE in Euch allen ist unauslöschlich in Euch eingeschrieben und in jedem von Euch gewusst. Wir nennen es den göttlichen Plan. Eure persönliche Entwicklung ist in Harmonie mit der Evolution der Menschheit.

Alles wurde immer schon gewusst, und nun wird es Euch auch menschlich bewusst und Ihr bekommt die Werkzeuge in die Hand, es zu bewirken und hervorzubringen. Es ist der Weg des Menschen, ein bewusstes, schöpferisches Wesen zu werden, das willentlich und aus einem liebenden Herzen alle Herrlichkeit auf Erden kreiert und diesen Planeten in ein Paradies verwandelt. Alle seid ihr Teil dieser Entwicklung und unverzichtbar für den Aufstieg Eurer wundervollen Erde.

Liebes Du!

Bist Du ein Körper, bist Du eine Geschichte, bist Du ein Beruf, bist Du eine Rolle, die Du spielst? Du bist göttlich, Du bist ALLES-WAS-IST, Du bist reines Licht und reine Liebe, Du bist das Meer der unbegrenzten Möglichkeiten und absolute Freiheit.

Und Du bist Mensch (im) Augenblick und immer das, was Du bereit bist zu glauben und zu verkörpern. Dem entkommst Du nicht. Du kannst es ausprobieren, es funktioniert nicht. Das Spiel muss gespielt werden – es hat einen Anfang und ein Ende!

Die menschliche Existenz besteht aus diesem Spiel, Du kannst Dir aussuchen, welches Spiel Du spielen willst und Spaß haben. Damit Du das kannst, musst Du wissen, dass Du frei bist. Dazu hast Du einen freien Willen bekommen. Die meisten Menschen wissen nicht, dass sie frei sind. Sie sind mit ihren Rollen so identifiziert, dass sie meinen, sie sind, was sie spielen.

Sie sind wie Schauspieler, die vergessen, die Bühne zu verlassen, wenn der Vorhang fällt. Viele fühlen sich als Opfer, viele fühlen sich schuldig, ohnmächtig, versagend und unglücklich. Sie denken, dass sie keine Chance und keine Wahl haben.

Sie rechtfertigen ihr Leben, indem sie denken, dass sie Kräften unterworfen sind, die über sie bestimmen. Das ist nicht so. Du bist unbegrenztes Sein und Du bist frei, Du hast die Wahl. Es kostet allerdings einiges an Arbeit und Übung, die freie Wahl zu nutzen. Um frei zu sein, musst Du Dich von negativen Gedanken und Gefühlen befreien. Um ein Spiel Deiner Wahl zu spielen, brauchst Du die Fähigkeit, das zu wählen, was Du wirklich willst.

Das klingt einfach und ist auch einfach. Die Schwierigkeit liegt darin, dass Du über viele, viele Jahre gelernt hast, anders zu denken. Man hat Dir beigebracht, dass Du wertend und urteilend denken sollst, dass es gut und schlecht gibt und richtig und falsch und dass Du Dich in diesem Gedankenfeld bewegen musst.

Die Welt, in der Du lebst, ist ein Spiegel kollektiven Denkens über die ganze Geschichte der Menschheit. Wenn Du diese Welt anschaust, kannst Du Rückschlüsse darauf ziehen, was Menschen über tausende Jahre gedacht und gefühlt haben.

Lass Dich nicht in diese kollektive Geschichte verwickeln. Deine Gedanken sind frei und Du kannst die Gedanken denken, die Du denken willst. Allerdings musst Du es auch wirklich tun und dich darin üben.

Es macht jedem Menschen Freude, jene Gedanken zu denken, die kraftvoll, nützlich, ansprechend sind. Wer freundlich denkt, fühlt sich gut. Und all das, was Du fühlst, wird sich in Deinem Leben in Form gießen, damit Du die Wirkung erfahren kannst. Du bist gewöhnt, vertraute Gedanken zu denken. Sie fallen Dir einfach immer wieder ein. Alles, was sich automatisiert und eingeschliffen hat, wiederholt sich gerne.

Und je länger Du auf dieser Welt bist, umso mehr füllt sich der Speicher mit diesen chronischen Gedanken, die Dir Formen erschaffen, die Du nicht willst, von denen Du denkst, dass Du sie aushalten musst. Das ist ein Kreislauf, der sich verstärkt.

Umgekehrt ist es jedoch genauso. Je öfter Du dankbar und freundlich denkst, umso mehr wird Deine Welt zum Spiegel Deiner Gedanken, und Du ziehst die Formen, Erfahrungen und Erlebnisse an, die Deinen Gedanken und Gefühlen entsprechen.

Sobald Du verstanden hast wie es geht, bist Du auf dem Weg und wirst lernen, Dir wunderbare Ereignisse in Deinem Leben zu erschaffen und ein schönes Spiel zu spielen. Vergiss aber nicht, es ist ein Spiel. Es ist nicht Deine ganze Wahrheit. Die ganze Wahrheit ist, dass Du unlimitierte Liebe bist – derzeit auf einer Reise durch menschliches Leben.

Davor warst Du und danach wirst Du sein. Viel Spaß beim Spielen.

Eine neue Welt

Glaube nichts, hinterfrage alles! Sag Dir immer wieder, vielleicht ist es noch mal ganz anders, und forsche weiter. Du wirst wissen, wann Du bei Deiner Wahrheit angekommen bist, denn dann hast Du ein Gefühl von innerer Gewissheit.

Statt zu glauben, weißt Du dann und Du bist dir gewiss. Da die Welt nicht ist, wie sie erscheint, und immer so erscheint, wie wir sie sehen, bist Du frei, DEINE Welt zu sehen, und die kann sich von der Welt der anderen kräftig unterscheiden. Verbote und Gebote haben negative Konsequenzen, wenn man sie bricht oder nicht befolgt.

Alles, an dessen Richtigkeit Du glaubst und wovor Du Dich fürchtest, wirkt für Dich und kann Dir Schaden zufügen. Allerdings nur, wenn Du es glaubst. Es ist das Denken über die Dinge, das Wirkung hat. Kraft bekommt all das, was viele Menschen im Kollektiv bereit sind zu denken und zu glauben.

Alle Welt ist kreiert, und am Beginn dieser Welt stand ein Gedanke. Würden alle Menschen denken, dass es gefährlich ist, das Alphabet zu lernen, dann würde das dramatische Auswirkungen auf unsere Literatur haben.

Was die Menschen denken und glauben, erschaffen sie, was sie erschaffen haben, halten sie für wirklich, und was sie für wirklich halten, das beachten sie, und so wird die Welt immer fester, immer „realer".

Da viele Menschen die Welt als Tummelplatz für Konkurrenz, Gier, Neid, Krankheit, Wahn, Krieg … sehen, schaffen die negativen Gedanken darüber die Sicherheit, dass alles so bleibt und noch schlimmer wird.

Wenn Du eine neue Welt gestalten willst, glaube grundsätzlich das, was Du glauben willst und was Dir und allen dient.Das ist ganz einfach, weil jeder Mensch glücklich, gesund, zufrieden, schön, erfolgreich, frei etc. … sein will.

Es gibt eine grundsätzliche Übereinstimmung aller Menschen darüber, dass sie ein glückliches erfülltes Leben leben wollen. Oder hast Du schon jemanden kennen gelernt, der Dir glaubhaft vermittelt, dass er sich miserabel, krank unglücklich, arm und einsam fühlen will?

Wenn Du Dich also an die glücklichen, frohen, friedvollen, köstlichen Gedanken hältst, die sich mit dem befassen, was Dir und anderen guttut, kannst Du gar nichts falsch machen. Denn aus diesen Gedanken wird sich die Welt so gestalten, wie Du sie willst, friedvoll, heiter, schön …

Dieses neue Denken und Fühlen zu lernen und darüber hinaus Deine wahre Natur zu erfassen, davon handelt jede Seite in diesem Buch.

SPIRIT

Geliebtes Wesen, Du bist so wunderschön, so herrlich,
und wir sind so glücklich mit Dir. Wir lieben es,
Deine Herrlichkeit zu schauen. Wir sind entzückt
von Dir und Deiner Existenz.

Wir lieben alles an Dir (wir fühlen uns so, wie die
meisten Menschen sich fühlen, wenn sie ein kleines Baby ansehen).
Wir finden Dich wundervoll und wunderschön,
Du bist ein Wunder der Schöpfung. Es ist ein Vergnügen,
Dich zu betrachten, wenn Du hervorbringst, was Dir Spaß macht
und was Du liebst. Wir sind voll Dankbarkeit für Deine Gaben und
Begabungen. Es ist so schön, Dich zu sehen und mit Dir zu sein.

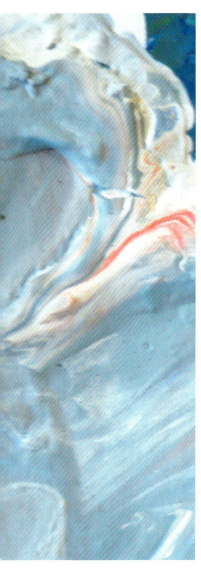

Frei von Angst

Es ist das Gefühl von Angst/angstvollen Erwartungen, das uns unser Leben schwermacht. Ob diese Angst sich in eine Idee von Mangel gießt, von Strafe, Schuld, Disharmonie, in eine negative Erwartung – es ist diese Angst, die wir von Geburt an mitbekommen, um deren Transformation es in jedem Menschenleben geht.

Von Beginn des Lebens wurde der Mensch darauf trainiert, sich vor vielen Umständen (Krankheit, Verlust, Versagen, Einsamkeit …) zu fürchten, und da Angst ein machtvolles Gefühl ist und daher starke Materialisationskraft hat, haben Menschen über Jahrhunderte jeden Beweis dafür geliefert und auch erhalten, wie real die Gründe sind, Angst zu haben.

Um Angst zu tranformieren, braucht es ein Verständnis für die Liebe und die Fülle des Universums und für die Gewissheit, dass WIR unser Leben kreieren und nicht eine ominöse Macht, die sich unser bedient.

Sobald Liebe da ist, löst sich Angst auf. Ein schönes Bild dafür ist, dass sich Wolken, die die Sonne verdecken, einfach auflösen. Angst hat keine Wahrheit und löst sich im Licht immer auf, so wie sich jede Polarität im Lichte der Liebe auflöst.

Bis dies geschieht, hat sie jedoch die Funktion, uns immer wieder daran zu erinnern, was wir nicht wollen, was wir nicht erfahren wollen.

Angst, Strenge, Selbstkritik, Abwertung, Bestrafung, Gewalt, Schmerz treten gemeinsam auf und schnüren ein Paket, das Menschen gefügig macht. Sobald dies erkannt wird, geschieht Befreiung.

SPIRIT

Für lange Zeit war Angst ein mächtiger Motor für die Entwicklung und das Überleben der Menschheit. Der Mensch lernte, sich zu sichern und seinem Leben mehr Wert zu geben und das eigene Leben zu schützen. Die Art, wie der Mensch dabei vorgegangen ist, hat eindeutig zu mehr Selbstbewusstheit geführt. Doch nun, Freunde, ist eine Zeit angebrochen, wo vielen von Euch Angst nicht mehr dient, speziell all jenen, die in Sicherheit und Wohlstand leben.

Ihr müsst nicht mehr Angst vor Hunger, Kälte, wilden Tieren, frühem Tod haben, Ihr lebt in Räumen, die geschützt sind. Dort, wo Ihr Eure Angst der alten Inhalte entkleidet habt und sie in neue Kleider gesteckt habt – in Angst vor Krisen, Angst vor Mord, Angst vor Übervorteilung etc. – lebt ihr in alten Instinkten, die nicht mehr gebraucht werden. Es gilt sie abzulegen und kraft der eigenen Gedanken und Bilder jene Welt hervorzubringen, die Euch und Eurem Nächsten guttut.

Es ist Fülle für alle da und die Evolution des Menschen ermöglicht erstmals einen Menschen, der sich seiner Sattheit, seines Glücks, seiner Möglichkeiten voll bewusst ist – dieser Mensch ist ein dankbarer Mensch und ein kreativer Mensch und ein Mensch ohne Angst. Die Schwingungen sind vorbereitet, Freunde, es ist nun ein Leichtes, in diese Schwingungen einzufließen und zu fühlen, wie es sich anfühlt, KEINE ANGST mehr zu haben. Wir sind sicher, Ihr werdet es großartig finden und sehr genießen.

Wir schlagen Euch vor, Euch in das Gefühl der Heiterkeit einzuklinken und zu beobachten, was dann geschieht.

Bitte und Danke, die wichtigsten Worte der Welt

Was sind die ersten Worte, die Du lernst, wenn Du in ein Land mit fremder Sprache fährst? BITTE und DANKE. („Wie komme ich zum Bahnhof?" und „Haben Sie ein Zimmer frei?" kommen erst später auf der Liste.) Dankbarkeit ist der Generalschlüssel zum Himmelreich. Sie sperrt alle Türen auf. Sie ist einfach und wirkt immer.

Bitte einfach ausprobieren. Täglich fünf Minuten nach dem Aufstehen alle Dinge aufzählen, für die Du dankbar bist – das drei Wochen lang, und Dein Leben wird sich verändert haben. Garantiert, ich weiß es. Warum wird dieses herrliche Mittel so wenig angewandt? Genau aus eben diesem Grund – weil es wirkt.
So einfach? Ja, so einfach!

Wer gelernt hat zu bitten, ist ein glücklicher Mensch. Denn Bitten ziehen die Erfüllung der Bitten nach sich. Bitte das Universum jederzeit und um alles, was Du willst. Hierbei geht es nicht um gute Manieren und um Höflichkeit. Es geht um das gute Gefühl, um das zu bitten, was Du bekommen willst. Probier es aus. Mach Dir ein paar Dinge bewusst, um die Du gerne bitten möchtest, und genieße Dich dabei.

Und nun die große Abkürzung auf dem Weg: Danke für alles (was Du erbeten hast) so, als wäre es schon in Deinem Leben. Mit dem Dank gibst Du dem Universum die Botschaft, dass Du sicher bist, es zu erhalten. Es gibt Umstände, da geht es Dir so schlecht, dass Du kaum Luft holen kannst, geschweige denn darüber nachdenken, wofür Du dankbar bist, und Du hast auch keinen Kopf für eine wohlformulierte Bitte. Wenn Du Dich in einer dunklen Nacht der Seele befindest, dann rufe um Hilfe, das Universum hört Dich schon. Leider muss es manchen Menschen erst sehr, sehr schlecht gehen, bevor sie um Hilfe rufen.

Wer wirklich um Hilfe ruft, bekommt sie auch. Bleib ruhig und sicher, dass die Hilfe kommt, geh nie weg davon. Denn die Liebe will immer und jederzeit, dass es Dir gut geht. Deswegen ist sie ja die Liebe. Da Du über einen freien Willen verfügst, mischt sich das Universum nicht ein, solange Du kein O. K. gibst. Und oft sind es ja auch die tiefen Krisen, die uns bewusst machen, dass es uns „endlich" reicht und dass wir uns erlauben, uns an eine Kraft zu wenden, deren Existenz wir intellektuell oft geleugnet haben. Ohnmacht, Verzweiflung, Selbsthass sind gewissenhafte Führer auf dem Weg zur Hingabe. Du musst es nicht glauben, aber tu es einfach, sende Deine Gebete an die Liebe und sie wird antworten.

SPIRIT

Wunderbares Menschenkind, herrliches Wesen, Du denkst, Du musst leiden. Doch Du bist Ebenbild Gottes, und Vollkommenheit. Du bist unendlich geliebt und unendlich gewollt. Erinnere Dich und Dein Schmerz wird in einem Augenblick vergehen.

Stille und Ruhe werden einkehren und Du wirst erfüllt mit Deinem Licht und bist bereit für Dein neues Leben. Was war, hat keinen Einfluss auf das, was Du bist, wenn Du es loslässt. Jeder Augenblick ist neu, der Himmel hat kein Gedächtnis.

Ihr habt Gedanken, Ihr denkt Gedanken. Das ist großartig. Erlaubt Euch, die Gedanken zu wählen, die Ihr denken wollt. Mit der Zeit werden es ausschließlich freudvolle, große Gedanken sein, die Ihr denken wollt.

Gott liebt es, wenn Ihr die köstlichen Gedanken denkt, denn Gott weiß, dass sie sich materialisieren werden, denn so ist der große Plan: Himmel auf Erden.

Die Zeit beginnt stillzustehen, so wird es Euch erscheinen. Was tatsächlich geschieht, ist, dass Ihr beginnt, außerhalb der Zeit stattzufinden. Als multidimensionalen Wesen ist Euch alles zugänglich, natürlich auch alle Reiche jenseits von Zeit und Raum. Euer Menschsein braucht Zeit und Raum, um sich zu materialisieren.

So wird ein Teil von Euch in Zeit und Raum existieren, während ein wesentlich größerer Teil von Euch in größeren Dimensionen verankert sein wird. Das funktioniert ganz einfach und fühlt sich wunderbar an. Es relativiert Euer Erdendasein und macht es gleichzeitig schön und voll Fülle.

Habt keine Sorge vor der Zukunft. Die Zukunft ist immer das, was Ihr jetzt bereit seid zu denken und zu wollen, Ihr seid eingebettet in einen GEIST, der all das Gute für die Menschheit will, und Ihr seid Teil dieses großen Geistes. Ihr könnt nicht aus der Liebe fallen, und es ist leicht, mit dem großen Geist zu schwingen, der nun wirkt.

Ihr braucht Euch nur daran erinnern, was Ihr für Euch und alle Menschen wollt: Glück, Frieden, Harmonie, Schönheit, Freude. Wenn Euer Wille in Übereinstimmung mit dem göttlichen Willen ist, wird alles gut – denn Gott will, was Euch erfüllt und glücklich macht. Es ist der göttliche Wille in Euch, der all das Gute will, Glück und Erfüllung und all die Herrlichkeit auf Erden. So ist es. Es ist ganz leicht glücklich zu sein. Wollt es einfach und lasst es geschehen.

Das Glück, von dem wir sprechen, ist nicht exklusiv, es ist inklusiv und umfasst alle und alles. Es ist kein Glück, das auf die Kosten des anderen geht, es ist kein Glück, für das Ihr zahlen müsst. Es ist das Glück, das Ihr hervorbringen und leben wollt, gemeinsam mit all Euren Schwestern und Brüdern.

Es kommt aus Euch SELBST und ist allumfassend. Es fühlt sich leicht und selbstverständlich an. Das Leben ist und fließt und entfaltet sich. Es ist wunderbar, Vollkommenheit ist.

Ihr wirkt auf dieses Leben insofern ein, als Eure Wünsche und Erfahrungen darin widerspiegeln, worum Ihr das Licht gebeten habt. Ihr seid frei, jederzeit zu wünschen und zu wollen und dem Guten ein neues Gutes hinzuzufügen.

Es gibt nichts, was Ihr nicht erfahren könnt, wenn Ihr bereit seid, es zu denken und zu wünschen. Alles ist gut. Es ist nicht nur gut, es ist herrlich.

Ihr werdet dies WISSEN, wenn Ihr Euer altes, gewohnheitsmäßiges Denken stoppt und eintaucht in die Stille des Seins und Euer neues Denken hervorbringt, wundervolle Gedanken der Liebe, der Kommunion, der Freude und der Verbundenheit.

Wenn die Menschen erkennen werden, wie machtvoll/mächtig sie sind, wird keine Krankheit ungeheilt bleiben und kein Leid auf der Welt sein. Niemand wird den Wunsch verspüren, sich schlecht und unglücklich zu fühlen, den anderen zu übervorteilen oder sich mit ihm zu vergleichen.

Ihr werdet fasziniert und glücklich sein, Euch selbst als Ausdruck des einen Ganzen in unterschiedlichen Farben und Formen zu erfahren. Ihr werdet wissen, dass Ihr göttlich seid und nie weniger sein könnt als dies. Wenn jeder Mensch Gott im anderen Menschen erkennt, wird die neue Welt erstrahlen. Um das neue Denken hervorzubringen, ist es wichtig, dass Ihr Eure Hirnhälften synchronisiert. Nichts ist zufällig. Der Himmel hat Euch nicht zwei Hirnhälften gegeben, damit Ihr nur eine davon nutzt.

BEIDE sind wichtig; sie in Harmonie zu führen, ihre Funktionen zu genießen und zu versöhnen ist Aufgabe der neuen Zeit. Euer Wissen wird versöhnt mit Eurer Kreativität. Denn alles Wissen ist Ausdruck dessen, was Ihr Euch über Äonen erschaffen habt.

Ihr tut dies, indem Ihr Eure kraftvollen Gedanken würdigt und die freie Wahl, zu denken, nutzt, und Ihr tut dies, indem Ihr ALL DAS würdigt, was ist, denn Ihr alle seid Teil eines größeren Ganzen, das Euch hervorgebracht hat.

Die Erde ist der Acker, auf dem Ihr wachst, und der Himmel der Same, der sich in die Erde gelegt hat. Materie und Geist sind zwei reine Ausdrucksformen des einen GANZEN, das Ihr Gott (Alleinheit, Universum, Kosmos etc.) nennt.

Nichts anderes existiert. Wenn Ihr das wisst, dann bekommt die Materie neuen Glanz und wird gewürdigt als Boden und als sich ewig wandelnde Form der sich ständig neu hervorbringenden Ideen.

Ihr werdet dann das erschaffen, was dem Ganzen und allen dient, alles andere wäre in Euren Worten gesprochen „absurd". Es ist Zeit, über die Freude zu lernen, der Mensch hat ausreichend gelernt, was es bedeutet, über das Leid zu lernen. Ihr seid nicht das alte Kollektiv der Gedanken aller Menschen über alle Zeiten. Ihr seid FREI, zu denken, was Ihr wollt. Niemand kann Euch aus dieser Verantwortung entlassen.

Das habt Ihr gewählt, als Ihr Euch inkarniert habt. Egal wie oft Euch vermittelt wird, dass das Unbewusste einen größeren Raum einnimmt als Eure Fähigkeit, bewusst zu denken, es stimmt nicht mehr für Euch, die Ihr gewählt habt, bewusst und willentlich zu erschaffen und das hervorzubringen, was Gott in Euch und durch Euch wählt.

Gott, die Liebe, hat einen schöpferischen Menschen gewählt, der sich in Güte und Harmonie entwickelt und das höchste Potenzial des Menschen hervorbringt:

bedingungslos zu lieben. Es sind die alten Gedanken, die Krieg, Krankheit und Not hervorgebracht haben. Alle, die Ihr diese Umstände noch erlebt, habt insofern Anteil daran, als Ihr mit der Masse gedacht habt und dachtet, es wäre unausweichlich.

Doch nun, da die neue Zeit anbricht, wisst Ihr, dass es Euer Denken und Fühlen sein wird, das den Unterschied macht. Und mit der Zeit werden alle Menschen auf diesem Planeten beginnen, neu zu denken und neu zu fühlen und damit auch neu zu handeln und zu tun. So ist es.

Wenn Ihr Euch elend fühlt und schlecht, so ist es Eure Mächtigkeit, die das ändern kann. Sobald Ihr beginnt, dankbar zu sein für all das Gute in Eurem Leben, das da ist und das kommen wird, wird sich Euer Leben verwandeln. So ist es.

Niemand ist mehr oder weniger, oder besser oder schlechter als der andere – denn der Liebe seid Ihr alle gleich. Als Menschen verfügt Ihr über den freien Willen und habt immer die Wahl, selbst in der tiefsten Not habt Ihr die Wahl.

Diese Wahrheit werden wir Euch immer wieder vermitteln. Wenn Ihr krank und voller Schmerzen seid, wenn Ihr in Gefängnissen sitzt und Eurer Würde und Freiheit beraubt wurdet, wenn Ihr Euch mitten im Unglück befindet, wenn Ihr Teil einer Katastrophe seid, immer habt Ihr die Wahl.

Diese Wahl besteht darin, in jedem Augenblick die Liebe zu wählen. Es hat viele Jahre Eurer Zeitrechnung gebraucht, um den Wandel vorzubereiten. Massen mussten befreit werden von ihrem Glauben, Opfer einer Welt zu sein, die Euch knechtet.

Dem konditionierten Verstand mussten viele alte Glaubenssätze genommen werden, die Zelle musste befreit werden, vom Staub der Generationen. Das Licht musste Euch in einem freien Fluss erreichen und jeder Widerstand musste beseitigt werden.

Für manche von Euch ist das nun geschehen und für alle, die sich anschließen, wird es immer schneller geschehen, bis es für alle nur mehr einen einzigen Augenblick brauchen wird, in dem Ihr erkennt und wisst, wer Ihr wirklich seid. Sobald Ihr erkannt habt, werdet Ihr den einen Wunsch haben: mitzuwirken und zu dienen, all jenen, die noch auf

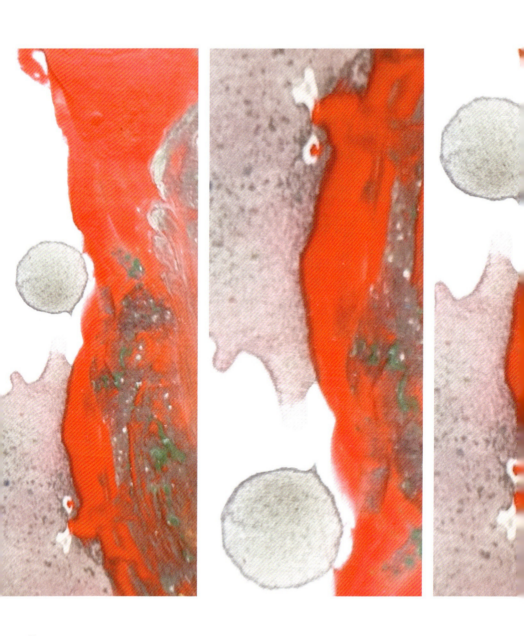

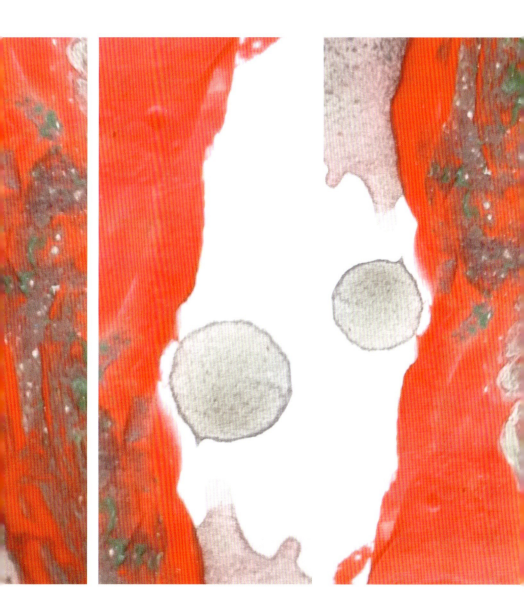

der „Wartebank" sitzen. Alle Menschen werdet Ihr würdigen und wissen, dass niemand auf Dauer den Wunsch haben wird, seiner wahren Natur zu widerstehen. Der Begriff Ego wird in Deiner neuen Zeit nicht mehr existieren, denn der Mensch wird ein integrierter Mensch sein, sich seiner göttlichen Natur und seiner menschlichen Freuden voll bewusst.

Jeder von Euch wird wissen, dass Ihr alle gemeinsam durch das Ziel geht und dass niemand da ist, um zu verlieren, und niemand da ist, zu gewinnen. Ihr seid reines Licht. Die Schatten, die Ihr für wahr haltet, sind kollektiver Natur. Werft sie ab.

Das ist Eure Verantwortung. Sobald Ihr jemand anderen schuldig sprecht, habt Ihr das Prinzip noch nicht verstanden. Dann seht Ihr Schatten, die keine Wirklichkeit haben. Niemand hat Schuld, alle sind frei. Schuld ist Prinzip einer alten Welt, die gleichzeitig unterteilt in gute und in schlechte Menschen.

Das Prinzip der neuen Welt ist Verantwortlichkeit zur Wahl. Das ist wahre Selbstverantwortung. Wenn nun jemand von Euch sagt, ich kann nicht wählen, so hat er sich selbst noch nicht erkannt und gibt der alten Welt Macht über sich und über andere, über die er urteilt.

Viele von Euch haben sich schuldig für den Zustand der Welt gefühlt. Ob es Euch nun bewusst war oder nicht, Ihr habt sehr viel getan, um Euch von dieser Schuld zu befreien. Doch wo Schuld scheinbar ist, kommt Schuld dazu. Erinnert Euch, jedes Wesen ist für sich selbst verantwortlich und frei.

Was Ihr gelernt habt, ist, Euch auf all das Wunderbare auszurichten, das Ihr leben wollt. Ihr könnt den anderen nicht zwingen, von seinem Kreuz zu steigen. Angst und Schmerz sind machtvolle Energien, die so lange ausgedrückt werden, bis der Mensch erkennt, dass er genug davon hat. Jeder Mensch wird das irgendwann erkennen.

So wie es nach Naturkatastrophen Aufräumungskommandos gibt, so haben viele von Euch an den inneren Aufräumungsarbeiten mitgewirkt. Wir danken all jenen, die mitgewirkt haben. Wir wissen, dass das nicht immer einfach war, denn die Leichen aus dem Keller zu holen ist keine schöne Arbeit. Doch es war notwendig und hilfreich.

Während diese Arbeit in der Welt weitergehen wird, bis keine Katastrophen mehr gebraucht werden, sind viele von Euch nun von dieser Arbeit befreit. Eure alten Verträge (auf der Ebene der Ursachen und Wirkungen zu weilen) sind gelöst. Ihr seid hier, um miteinander zu feiern, zu wachsen und zu teilen.

Wer immer Euch Schuld geben will: Ihr seid frei, sie nicht zu nehmen. Stattdessen übt Euch in Dankbarkeit und Freude und teilt diese Energien mit all jenen, die offen dafür sind. Beziehungen sind göttliches Spiel, sich miteinander zu erfahren. Daher wählt genau dies, Freude, Harmonie, Vergnügen, Leichtigkeit, Lachen, Humor etc. Die neuen Beziehungen werden dies ausstrahlen.

Lange waren Beziehungen ein wichtiges Werkzeug für den Menschen, sich selbst zu erkennen. Projektion war ein gutes Mittel, sich selbst zu spiegeln und sich zu erfahren und in eine neue Bewusstheit zu bringen. Doch diese Zeit ist für viele von Euch vorbei.

Nun wird Beziehung reines, köstliches Vergnügen, Gemeinsamkeit, Spiel, Ko-Kreation, Lachen und Feiern. Auf Schwingungsbasis werdet Ihr Euch genau jene Beziehung erschaffen und jene Menschen anziehen, die genau das wollen, was Ihr wollt.

Es gibt dabei nichts Richtiges und nichts Falsches, jedoch Adäquates. Jene, die Euch vermitteln, sie wären besser als Ihr, haben das nicht erkannt. Sie wähnen sich in der seltsamen Vorstellung, Gott hätte Auserwählte. Gott jedoch erwählt nicht, Gott liebt.

Alle Menschen, die sich in derselben physischen Realität aufhalten, schwingen auf derselben Frequenz, sonst könnten sie einander gar nicht wahrnehmen. Das Einzige, das nun geschieht, ist, dass die Frequenz für alle angehoben wird und einige von Euch den Beginn dazu gemacht und früher als andere erkannt haben, wohin die Reise geht.

Die Welt würde buchstäblich auseinanderfallen, wenn das nicht so wäre. Es ist der immer schnellere Wandel, der ALLE erfasst, der sich nun begibt. Der Wandel bezieht alle mit ein, er schließt niemanden aus. Es ist dieser Wandel, der Euch alle dahin führen wird, zu wählen, was Gott in Euch wählt.

Wünsche

„Ich bitte darum, ich danke dafür, und es geschieht"

SPIRIT

Das Universum reagiert grundsätzlich und immer auf Deine Gedanken, damit auf Deine Wünsche, es reagiert auf das Gute, das Du denkst, und das Schlechte, das Du denkst, und es tut das ganz neutral, ohne Aufregung und Moral. Du bist also diejenige, die auswählen kann und Du bist auch diejenige, die wertet und bewertet.

Du befindest Deine Wünsche für gut oder für anmaßend oder für unerfüllbar etc. …
Der Himmel folgt nur Deinen Gedanken.

Um Deine Wünsche erfüllt zu bekommen, musst Du wählen, Dich gut dabei fühlen und Dich schon darauf freuen, dass sich die Wünsche erfüllen. Es ist genauso einfach.
Du kannst das nur für Dich machen und niemand anderen in Deine Wunscherfüllungen hineinzwängen, denn Deine Wünsche sind Deine Wünsche, und Dein Nachbar hat vielleicht ganz andere Wünsche.

Kontrolliere daher nicht, sondern mach Dir ehrlich bewusst, was Du zu erfahren wünschst. Lass Deine Phantasie spielen, hab Spaß dabei, Dir Deine Wünsche auszudenken. Es ist keine schmerzliche und todernste Angelegenheit …
Es soll Dir Spaß machen und den anderen auch.

Es macht Spaß, Wünsche zu haben. Die Welt wäre keineswegs vergnüglich, wenn das nicht so wäre. Wünsche sind kreativ und bewegen uns weiter. Das menschliche Leben besteht aus Erfahrungen, und je mehr schöne Erfahrungen wir machen, umso größer der Spaß.

Manchmal nehmen unsere Wünsche die Form von Sehnsucht an, dann sollten wir genau hinschauen. Sehnen zeigt oft auf, dass wir uns nach etwas sehnen, was uns die Welt nicht erfüllen kann – meistens sehnen wir uns nach uns SELBST, nach „Gott", nach dem Einen, nach dem Gefühl vollkommener Erfülltheit.

Erfahrungen sind relativ und von Individuum zu Individuum verschieden, jedem von uns macht etwas anderes Spaß. Doch das Gefühl der Vereinigung mit dem Ganzen, der tiefen Verbundenheit und des Ruhens in der Liebe kommt nicht aus den Wünschen, es ist vielmehr umgekehrt – die guten Wünsche kommen aus dieser Tiefe in uns. Das Wissen in uns bringt die Formen hervor, die lebendiger, materieller Ausdruck dessen sind, was wir bereits sind.

Statt Wünsche zu verfolgen wie der Detektiv den Dieb sollten wir uns entspannen und uns auf die Erfüllung dieser Wünsche freuen. Es ist viel darüber diskutiert worden, ob Wunscherfüllung „ohne Tun" überhaupt möglich ist. Manche gehen davon aus, dass unsere Gedanken unsere Handlungen beeinflussen und uns zu jenem Tun animieren, das letztendlich die Erfüllung unserer Wünsche „macht".

Ich denke aber, dass das differenzierter zu sehen ist. Es kann wie immer beides sein; manchmal ist es das Tun, das verhindert, dass geschieht, was wir wollen. Wir mischen uns dann zu sehr ein und sehen den Zug nicht, der auf dem Gleis steht. Manche Dinge muss man erwarten können und sich enthalten, damit sie sich zeigen können.

Wer z. B. schwanger ist, muss die Geburt abwarten, man kann/muss das Kind nicht schneller wachsen machen. Manchmal hingegen ist sehr wohl das Tun angezeigt, speziell dann, wenn wir das „Nicht-Tun" mit einer passiven „Es ist egal"-Haltung verwechseln.

Letztendlich können wir vertrauen, dass die Formulierung unseres Wunsches, die Hingabe des Wunsches (das Loslassen) an das große Ganze und das Öffnen für die Wunscherfüllung in uns genau das bewegen werden, was gebraucht wird. Wenn wir aufmerksam und entspannt bleiben, dann können wir am Tun nicht vorbeigehen, wenn es gebraucht wird, und können das Nicht-Tun zulassen, wenn es gebraucht wird. Es ist wichtig, innerlich offen und aufmerksam zu bleiben.

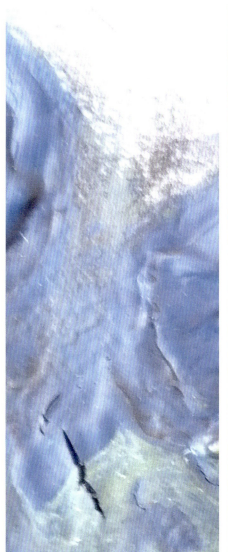

Damit sich manche Wünsche im Außen erfüllen, wird zuerst in uns der Wandel stattfinden, der uns empfänglich macht für das Erwünschte. Wer sich ein Kind wünscht, aber große Angst vor der Schwangerschaft hat, wird vorerst erfahren, dass die Angst genommen wird und die Freude einzieht, damit der Wunsch sich entsprechend erfüllen kann.

Manchmal sind Wünsche so groß – wir erleben sie als so groß –, dass es Zeit brauchen kann, bis sie sich erfüllen. Unsere inneren Glaubenssätze und Gedanken, unsere Gefühle müssen erst in Übereinstimmung mit dem Wunsch gebracht werden.

Je offener – ich könnte auch sagen, je „verrückter" – wir sind, je mehr wir für möglich halten, je weniger wir an das gebunden sind, was der Welt als möglich erscheint, umso schneller können sich Wünsche erfüllen.

Es gibt Menschen, die haben grundsätzlich kein Problem damit, sich alles vorzustellen, was sie wollen. Sie haben den Wunsch, in Griechenland zu leben, und kaum einige Tage danach bekommen sie ein entsprechendes Angebot. Sie kriegen dann auch keinen Stress von wegen Umzug oder Haushaltsauflösung.

Für sie ist es Spaß und große Freude, und „ab geht die Post", bis sich ein nächster Wunsch zeigt, auf dessen Erfüllung sie ausgerichtet bleiben. Es gibt Menschen, die tun sich hier viel schwerer. Sie überprüfen und fragen und denken viel nach, wägen ab etc. Das ist natürlich ganz o. k., nur sollte man dann nicht damit rechnen, dass die Wunscherfüllung sich sofort zeigt.

Das Universum spiegelt uns immer wieder unsere eigenen Gedanken und unsere Haltungen der Welt gegenüber. Die Fähigkeit, zu visualisieren (sich Bilder im Kopf zu machen), dient uns dabei. Das Hirn kann nicht zwischen Bild und „Ein-Bild-ung" unterscheiden und die Energie richtet sich schnell an den inneren Bildern aus.

Gedanken also, die bildlich erscheinen und von guten Gefühlen begleitet sind, sind ein ziemlich sicherer Tipp für Wunscherfüllung. Lasst uns noch einen Schritt weitergehen – und eine wichtige Überprüfung starten: Was, wenn alle unsere Wünsche sich erfüllen? Sind wir dann glücklich, sind wir dann zufrieden, passt unser Leben dann? Da jede Erfüllung eines Wunsches gleichzeitig eine gemachte Erfahrung ist, ist nicht zu erwarten, dass wir uns damit in einem dauerhaften Endglück finden, sondern wieder weitergehen und uns die nächste gute Erfahrung anziehen.

Ein Glück, das nachhaltig ist, kann im Letzten nicht von den sich wandelnden Erfahrungen im Außen abhängen. Es ist wohl vielmehr so, dass das glückliche Schwingen im Inneren zu immer mehr neuen, herrlichen Erfahrungen im Außen führen wird. Wer sich gut im Leben fühlt, wird sich gute Erfahrungen materialisieren.

Das Wichtige ist also, dass wir um Wohlgefühl bitten und uns zur Angewohnheit machen, uns zuerst einmal wohlzufühlen und dann erst mit unseren Wünschen loszustarten.

Was machen wir mit jener Aussage, dass wir uns gar nichts wünschen sollten, Gott wüsste schon, wo es langgeht – und dass Wünschen nur Leiden schafft? Nun, die Welt ist wie ein riesiges Buffet, gedeckt mit herrlichen Speisen. Warum sollten wir nicht zugreifen? Und warum sollten wir nicht wählen, was uns besonders gut schmeckt?

Und warum sollten wir nicht genießen, dass die Geschmäcker der Menschen sehr unterschiedlich sind? Je mehr wir wünschen, umso reicher wird das Buffet, je mehr Gutes wir uns vorstellen können, umso reicher wird die Welt.

Die Wünsche, die aus der Lust und aus der Freude geboren sind, sind wundervoll. Nur die Wünsche, die aus dem Mangel geboren werden, wenn wir uns ständig darin erinnern, was wir nicht haben, schaffen Leiden, einfach deshalb, weil wir im Mangel nicht empfangsbereit sind.

Und künstlich erzeugte Begierden haben nichts mit Wünschen zu tun, sie entstehen aus Neid und Unsicherheit, aus Haben-Wollen und machen uns nicht froh. Wirkliche Wünsche sind in unserem Herzen verankert, und wir fühlen uns gut, wenn wir an sie denken.

Ich sehe eine neue Welt

Ich sehe eine Welt voll bunter Farben
Ich sehe eine Welt voll strahlender, glücklicher Menschen
Ich sehe eine Welt voll Glück und Harmonie
Ich sehe eine geheilte Welt
Ich sehe eine Welt, die tanzt und feiert
Ich sehe eine Welt voll glücklicher Kinder
Ich sehe eine Welt der Kreationen und der Wunder
Ich sehe eine Welt, die wunderschön ist.

Und wie siehst Du Deine Welt?
Wenn Du Deine Augen schließt und Dich auf Deine Welt ausrichtest,
welche Bilder steigen in Dir auf?
Wie sehr gelingt es Dir, eine Welt zu sehen, die Deinen Wünschen entspricht?
Wenn es Dir möglich ist, eine strahlende Welt zu sehen, dann bist Du sehr wirksam.
Streng Dich dabei nicht an, lass es einfach fließen,
bleib sanft und kraftvoll ausgerichtet.
In Deinem Bild heilt die Welt und kreiert sich neu.
Der Clou dabei ist, dass Du diese Übung in Leichtigkeit machst und nichts erzwingst,
sondern einfach bereit bist, es zu sehen oder es zu fühlen.

SPIRIT

Der stärkste heilende Impuls, den Du aussenden kannst, ist,
eine geheilte Welt zu sehen. Wenn in Deinen inneren Bildern nichts mehr
gesehen wird, was zu heilen wäre, dann bist Du angekommen.
Wenn es Dir ein Leichtes ist, eine glückliche Welt wahrzunehmen,
dann bist Du „Heilerin erster Klasse" und trägst als mächtiges
Wesen sehr dazu bei, dass der Wandel leicht geschieht.

Heilung

Symptome, Schmerzen, Krankheiten – wiewohl Hilfen auf dem Weg zur Bewusstwerdung des Menschen – sind Staus im Energiefluss. Wenn die Energie wieder frei fließen kann, lösen sie sich auf (wie Staus auf der Autobahn). Jeder Mensch ist für sich ein Energiesystem und gleichzeitig verbunden mit der allfließenden Energie aus dem Ganzen. Ist der Energiefluss gestört, so bilden sich Staus, die sich z. B. als Krankheit manifestieren können.

Den Stau aufzulösen gelingt dadurch, dass die zugrunde liegenden störenden Gedanken und Gefühle aufgelöst werden bzw. der freie Fluss durch direkte und augenblickliche Anbindung an das Ganze wiederhergestellt wird. Je weniger Anhaftung und Zuschreibung mit dem Symptom verbunden ist, also je weniger Aufmerksamkeit darauf gerichtet wird, umso schneller lösen sich die Staus auf. Üblicherweise ist es jedoch so, dass wir Symptome über unsere Gedanken und unser Wissen darüber festschreiben.

Je mehr Energie wir dem Stau geben, umso enger wird es. Je weniger Energie wir auf eine Krankheit richten, umso schneller löst sie sich auf. Leichter gesagt als getan, denn wir haben es hier mit einem mächtigen Gegner zu tun: der Angst.

Die Angst, die wir fühlen, kommt aus der Trennung des sogenannten „Ichs" vom Ganzen. Das konditionierte Ego (Gedankengebilde) hält sich für wirklich und gleichzeitig fühlt es sich getrennt. Diese Trennung, die Angst macht, muss aber gleichzeitig aufrechterhalten werden, damit die Illusion des Egos erhalten bleibt. In diesem Teufelskreis spielt sich das Spiel ab.

Führt die Krankheit zum Tode, so stirbt das Ego sowieso mit, es geschieht also genau das, wovor es Angst hat. Lässt es jedoch die Angst los, so löst sich die Trennung auf und das Ego stirbt ebenfalls. Im Letzten hat es also keine andere Wahl als sich aufzulösen im Ganzen und die Idee der Trennung aufzugeben. Was stirbt, ist das Konstrukt, nicht die Persönlichkeit, nicht die Ausformung des Charakters. Die Vorstellung darüber stirbt, das Potenzial bleibt, die Wünsche bleiben, die Vorlieben bleiben.

Natürlich sind auch diese einem Wandel unterworfen, jedoch nur in dem Sinn, dass immer neue Erfahrungen gemacht werden. Wir können uns also auch fragen, warum am Ende jedes individuellen Lebens der Tod steht.

Wenn wir erkannt haben, dass der Körper lediglich die Ausformung darstellt, die wir in Zeit und Raum brauchen, um zu handeln, zu fühlen, zu erfahren, zu genießen etc. ... dann löst sich die Angst vor dem Tod auf, dann sind wir ganz im Gegenteil dankbar, dass sich die Formen immer wieder wandeln und erneuern und Raum für Neues geschaffen wird. Das ist nicht anders als im Leben.

Wer bereits im Leben immer wieder sterben kann, tut sich mit dem Tod leicht. Er ist dann nicht mehr Angst und Qual, sondern Möglichkeit zum Wandel, die begrüßt wird.

Gleichzeitig werden sich in den kommenden Zeiten Möglichkeiten erschaffen, den Körper zu regenerieren und zu verjüngen, um selbstbestimmt zu entscheiden, wie lange wir auf dieser Ebene der Erde verbleiben wollen.

Hat der Tod seinen Schrecken verloren, so ist es durchaus möglich, hinzuschauen und Bilder zu kreieren, die einen leichten und stimmigen Übergang ermöglichen. Auch zum eigenen Tod kann man seine Wünsche haben.

Reaktionen

Das, was unser Leben oft einschränkt, sind unsere Reaktionsmuster. Die Art, wie wir uns ärgern oder empören und aufregen, wenn etwas schiefgeht, die Art und Weise, wie wir auf negative Nachrichten aus aller Welt reagieren.

Meistens lösen negative Nachrichten massive Ängste aus. Wir fürchten uns, wenn Flugzeuge abstürzen, wir sind empört, wenn Öl ins Meer fließt, wir reagieren ohnmächtig, wenn wir mit Krieg konfrontiert werden. Diese Reaktionen laufen ganz schnell ab, wie auf Knopfdruck – denn darauf sind wir über viele Jahre unseres Lebens trainiert. Mit jeder negativen Reaktion verstärken wir das Ereignis und die „Wellen", die es schlägt.

Es braucht einiges an Übung, bis es uns gelingt, nicht mehr zu reagieren, sondern neutral zu bleiben, zu akzeptieren, ohne zu reagieren, und uns gleich wieder auszurichten auf das was, wir für uns und andere wollen: Sicherheit, Frieden, Glück etc.

Es gibt Muster, die sind besonders gut eingeschliffen und werden schon beim kleinsten äußeren Auslöser abgerufen. Wenn es uns gelingt, die Reaktion im Keim abzufangen und uns zu erinnern, dass es wichtig ist, neutral zu bleiben, weil wir dann viel mehr Hilfe für uns und die anderen sind, dann balancieren sich Energien schneller aus und oftmals werden weitere Wellen und Verstärkungen des negativen Ereignisses abgefangen.

Nehmen wir an, wir erhalten Kenntnis von einem Hurrikan und Überschwemmungen in einem Teil der Welt. Wenn wir ruhig bleiben können und heilende Bilder senden, wenn wir unser Licht sanft und entschieden dorthin richten, dann helfen wir. Leider ist das selten der Fall, weil die Berichterstattung der Medien vielmehr dazu beiträgt, die krisenhafte Entwicklung zu stärken.

Aber auch in unseren eigenen vier Wänden, in unserem Alltag haben wir eine Menge von Reaktionen, die abgerufen werden können. Wir reagieren auf Äußerungen unserer Mitmenschen in bestimmter Weise, wir weisen zurück, rechtfertigen und verteidigen uns oder gehen unsererseits in den Angriff über. Wir haben Lieblingskränkungen und Lieblingsreaktionen, und wer uns nahesteht, kennt die meistens sehr gut.

Auch hier gilt: Wenn es das erste Mal gelingt, nicht im alten Raster zu bleiben, sondern einfach ANDERS zu reagieren als üblich, dann ist die Kette durchbrochen. Es lohnt sich, das auszuprobieren und zu trainieren. Verhalte Dich einfach von Zeit zu Zeit so, wie es niemand von Dir erwarten würde – lache, wenn Du üblicherweise wütend wirst, dreh Dich um und geh, wenn Du üblicherweise bleiben würdest, strahle Ruhe aus, wenn Du üblicherweise in die Luft gehst.

Stell Dir vor, Du bist Schauspieler und spielst die Rolle anders. Überrasche Dein Umfeld mit neuen Möglichkeiten, Dich auszudrücken. Gib den anderen nicht mehr die Möglichkeit, Dich zu definieren und Dich festzuschreiben: Du wärest so oder so ... Sei immer wieder neu und anders; wenn Du es mit Humor nimmst, dann wird auch das zum Spiel.

Sieh das Gute im Schlechten und überlege Dir, was Dir am Verhalten des anderen dient, auch wenn es Dich üblicherweise wütend macht. Leg Dir neue Standpunkte zu und probier sie aus. Sei unberechenbar, das ist eine herrliche Strategie.

Du kannst auch Deine Standardreaktion so stark übertreiben, dass es skurril wird. Schöpf sie voll aus und genieße Dich darin, auch das bricht die Muster. Ja, trau Dich nur, mach aus einem Ärger einen „King Lear" und aus einer „Niemand versteht mich"-Reaktion eine „Medea" und freu Dich darüber, dass Du dem anderen damit auch die Möglichkeit gibst, seine Muster zu brechen.

Nicht mehr mitschwingen ist die Devise; sobald Dir das dauerhaft gelingt, kannst Du Deine Aufmerksamkeit jederzeit dorthin ausrichten, wo Du sie haben willst, und unterliegst keinen alten Konditionierungen und Zwängen mehr. Gib Deinen Reaktionen und den Reaktionen der anderen keine Macht mehr, geh auf Abstand und sieh sie wie auf einer Leinwand ablaufen, dann dreh Dich um und geh aus dem Kino.

Schau hin, allem, worüber Du Dich aufregst,
gibst Du Macht:
Willst Du der Ölpest Kraft geben?
Willst Du der Finanzkrise Macht geben?
Willst Du Epidemien, Krankheiten, Katastrophen Macht geben?
Willst Du Deinem grantigen Chef Macht abgeben?
Willst Du Deinen schlecht gelaunten Mitmenschen
Macht abgeben?

SPIRIT

Alles, dem ihr Macht über Euch gebt, hat Macht.
Es ist vor allem die Angst, die Euch dazu bringt.
Angst, nicht zu entsprechen,
Angst, in dieselbe Situation zu kommen,
die Ohnmacht, nichts tun zu können,
Euch ausgeliefert zu fühlen,
Euch schwach und unfähig zu fühlen,
Euch ungerecht behandelt zu fühlen.
Statt in den Sog Eurer Angst und Reaktion zu kommen,
akzeptiert, lasst im Augenblick los und Ihr werdet erfrischt
und neu hervorgehen, gestärkt und unbeeindruckt.

Sobald die Welt nichts mehr mit Euch machen kann,
seid Ihr frei, Eure Welt zu kreieren, eine Welt,
in der alte Emotionen ausgedient haben
und neue Gefühle genossen werden.

Selbstkritik

Wenn Du an Deinem Verhalten etwas verändern willst, dann genügt es einfach, Dich für die Veränderung zu entscheiden, Du musst Dich nicht schwerer Kritik und Selbstgeißelung unterziehen.

Ständig an Dir herumzumäkeln und Dir alles Mögliche vorzuwerfen dient Dir nicht. Es macht Dir Angst und Schuldgefühle, und aus einem schlechten Gefühl heraus passiert kein wahrer Wandel.

Selbst wenn Du Dich zu einer Veränderung zwingst, wird sich Widerstand an anderer Stelle zeigen. Denn in Wirklichkeit mag es kein Mensch, wenn er an sich was auszusetzen hat.

Du könntest einfach bestimmen, dass ein bestimmtes Tun oder Nicht-Tun nicht mehr adäquat ist oder Dich nicht mehr froh macht oder Dir nicht mehr gefällt, und beschließen, ein neues Verhalten an seine Stelle zu setzen.
Du denkst, das ist schwer?
Gar nicht. Probier es einfach aus.

Es geht genauso leicht, wie es hier aufgeschrieben ist:
Es geht so leicht wie Paradeiser zu kaufen.
Es geht so leicht wie Dich ins Auto zu setzen
und auf Urlaub fahren.
Es geht so leicht wie Schuhe anzuziehen …

Lass die Kritik, die Schelte weg und beschließe
das neue Verhalten, und fertig!

Lass Dich wissen, dass Du immer wunderbar bist,
jederzeit vollkommen und gut so, wie Du bist,
und dass Du nun Lust hast, dies oder jenes so
oder so oder anders zu machen.

Dein wahrer Wert – der SELBSTWERT –
entzieht sich jeder Bemessung.

Er ist von nichts abhängig, was Du tust oder unterlässt.
ER IST an sich der höchste Wert.
DU BIST, und das genügt.

Du kannst ihn nicht erhöhen oder erniedrigen.
Er bleibt immer, was er ist.

Immer und ewig wirst Du ein wundervolles,
geliebtes Wesen sein.

Verhalten dient nicht zur Erhöhung Deines Selbstwerts,
es dient dazu, Dich in der Welt zu erfahren.
Es ist nicht dazu da, dass Du gut bist oder besser
oder einen Wettbewerb mit dem lieben Gott gewinnst.

Du lernst laufend dazu, Du erkennst, was Dir entspricht
und was Dir nicht entspricht. Du lässt Dinge wieder
gehen und wendest Dich Neuem zu.

So wie Du nicht immer ein und denselben Blumenstrauß
in der Vase stehen hast, so legst Du auch nicht immer
ein und dasselbe Verhalten an den Tag.

Du hast unendlich viele Varianten, die Du
ausprobieren kannst. Statt es gut machen zu müssen,
probier einfach aus und spüre, was Dir gefällt und
was Dir guttut. Statt gut zu sein,
Tu Dir Gutes und hab es gut.

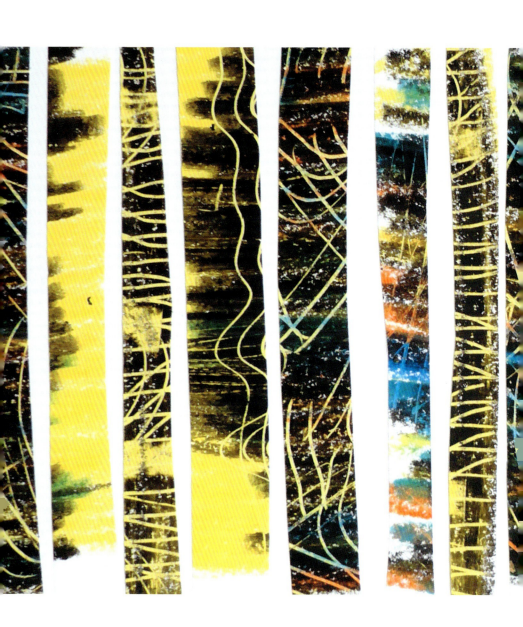

Alles zu Gott/zur Liebe geben

Was immer Du tust, worum immer Du bittest, wofür immer Du dankst, richte all Deine Kommunikation zur „höchsten Adresse", benütze Dein „rotes Telefon". Wenn Du all Dein Tun und Dein Sein der höchsten Liebe in die Arme legst, dann wird Dein Gewinn sicherlich der höchste sein. In der „Zentrale" kommt alles, was Du ausdrückst, rein und klar an, wird nicht gewertet oder begutachtet, sondern DIREKT in die Liebe genommen, gewandelt, beantwortet, verstärkt.

Menschen können Dich missverstehen, sie können Dich werten oder durch ihre Brille betrachten, sie können annehmen oder ablehnen – Gott kann das nicht. Gott nimmt alles von Dir, das Gute wie das Schlechte. Das Schlechte wird gewandelt und Dir als reine Kraft zurückgeschenkt, das Gute potenziert und fließt Dir wieder zu.

So hast Du aus Deiner Hingabe immer das größte Geschenk. Und vor allem, dieser Kommunikationskanal ist immer für Dich frei, es gibt kein Besetztzeichen, es gibt keine Überlastung des Netzes, Du wirst immer und umgehend gehört. Nicht immer wirst Du es sofort merken, aber die Wirkung setzt ein und bald wirst Du ein Sensorium dafür entwickeln und die Antworten und die bedingungslose Liebe wahrnehmen.

Auch wenn Du mit anderen kommunizierst, wirst Du eine bessere Wirkung feststellen, wenn Du das Göttliche in Deine Kommunikationen mit einbeziehst. Sie werden freier und liebender, gelassener und spezieller, freudvoller, wahrhaftiger und inspirierter werden.

Und das Schönste: Du wirst keine Angst mehr haben, Du selbst zu sein. Die Unschuld, die Du bist, kehrt in Dein Leben zurück und die Meinungen der Welt werden Dich nicht mehr erreichen.

Wenn Du Menschen triffst, die sich derzeit gerade krank und unglücklich fühlen, so wirst Du Deine positive Schwingungen aufrechterhalten können und im Gespräch oder einfach durch Dein Dasein dazu beitragen, dass sie sich besser fühlen, oder aber es wird Dir möglich sein, Dich aus der Kommunikation zurückzuziehen und Deiner Wege zu gehen. Wenn Du es Dir zur Gewohnheit machst, den ersten Dank immer zum Universum zu geben, setzt Du neue Maßstäbe in Deiner Kommunikation. Wenn wir uns an das höchste Licht wenden, so ist unser Motiv immer Heilung und dass wir für Licht und Liebe erreichbar sind.

SPIRIT

Gebt alles, was Euch bewegt, zur höchsten Energie, Eure Träume, Eure Hoffnungen, Eure Wünsche, Eure Sorgen, und vertraut der Kraft, die Ihr seid. Ihr seid nicht getrennt vom Allerbesten.

Ihr müht Euch ab und kennt Euch nicht aus, Ihr sucht nach Lösungen, Ihr irrt herum und versucht Euer Leben in den Griff zu bekommen. Doch es ist so viel einfacher, Ihr könnt das sein, das erleben und erfahren, was Ihr erleben wollt. Richtet Euch nicht nach den anderen, jedes Leben ist anders, Euer Leben ist ein vollkommener schöpferischer Ausdruck dessen, was in Euch angelegt ist, Eures Potenzials. Bringt das Beste hervor, indem Ihr das Beste wollt. Und wollt all das, was Ihr seid.

Wollt das, was Ihr liebt, was Euch Freude macht, und wenn Ihr nicht intellektuell wisst, was es ist, bittet darum, dass es Euch gezeigt wird. Ihr fühlt Euch auf natürliche Weise zu dem hingezogen, was Ihr wirklich wollt.

Niemand fühlt sich zu einer Aufgabe hingezogen, die er nicht erfüllen möchte. Wo Zwang und Müssen sind, seid Ihr nicht zu Hause. Wo Pflicht ist, seid Ihr auf dem falschen Weg.

Das, was ganz von selbst geht, das ist Euer Leben. Der Fluss fließt immer den Gegebenheiten der Landschaft gemäß, er fließt nicht bergauf. Alles, in dem Ihr Leichtigkeit und Enthusiasmus verspürt, zeigt Euch den Weg. Dort, wo Ihr Euch erfüllt fühlt, dort, wo Ihr Euch gut fühlt, dort, wo Ihr Euch auf natürliche Weise angezogen fühlt, dort liegen Eure Erfahrungen.

Warum ist es für viele Menschen so schwer zu erkennen, was sie wirklich wollen? Weil sie vollgestopft sind mit dem, was ihnen vermittelt wird, was sie wollen sollen. Den Zeitwerten entsprechend wird dem Menschen suggeriert, er solle dies oder jenes wollen, um sich komplett zu fühlen.

Er müsse diesen oder jenen Stellenwert erreichen, dies oder jenes tun, können, wollen, um geliebt oder anerkannt zu werden. Wollt das, was Gott – der Ihr seid – will, was die sich ewig entfaltende Liebe will, was die lebendige Kraft in Euch will, wollt Euch entfalten und wachsen und teilen, dann seid Ihr am Punkt.

Kümmert Euch nicht um Moden oder Trends, sie mögen passen oder auch nicht. Spürt tief in Euch hinein, und Ihr werdet fühlen, was Euch Freude macht. Aus dieser Freude wird ein menschliches Glück geboren und Ihr werdet des Weges geführt. Macht Euch bewusst, dass Ihr ohne Anfang und Ende seid und dieses menschliche Leben, das mit der Geburt beginnt und dem Tod endet, nur eine Reise auf Eurem Weg ist. Dann weicht der Druck von Euch, alles richtig zu machen und nichts zu versäumen, und die Vorstellung, es gäbe nur einen vorgezeichneten Weg.

Ihr seid immer begleitet, immer geliebt. So ist es. Wenn Gefühle von Traurigkeit und Schmerz Euch zu überschwemmen drohen, wenn Ihr unglücklich seid, wenn Ihr nicht weiterwisst, so ist das immer ein sicheres Zeichen dafür, dass sich in Euch etwas wandeln will. Schaut nicht zurück, sehnt Euch nicht zurück.

Ihr seid den langen Weg nicht gegangen, um in der Vergangenheit zu landen, Ihr seid den weiten Weg gegangen, um Euch in Eurer Gegenwart zu genießen und Eure Zukunft zu gestalten.

JETZT ist immer der beste Zeitpunkt, neu zu beginnen, Euch aufzurichten und der Liebe alle Türen zu öffnen. Ihr seid hier, um die Wunder zu erleben, Ihr seid hier, um Euch zu freuen, Ihr seid hier, um zu feiern.

Ihr seid hier, um all jene Geschehnisse abzustreifen und zu überwinden, die Euch nicht froh machen. Ihr seid hier, um eine neue Menschheit aus der Taufe zu heben. Nehmt die Krise als Anfangspunkt für das Neue, schaut entschieden dorthin, wo Ihr sein wollt.

Hilfe ist immer da, und Ihr könnt sie umgehend fühlen, wenn Ihr es erlaubt. „Ich will mich wohl fühlen, Ich will es gut haben, ich will Freude fühlen …" – verwendet Euren Willen zur klaren Ausrichtung, und in kurzer Zeit werdet Ihr die Auswirkungen spüren.

„Ich bin jederzeit frei." Das klingt manchmal seltsam in Euren Ohren, denn die Welt um Euch herum scheint Euch anderes zu lehren. Ihr scheint umzingelt von Geboten, Verboten und Beschränkungen aller Art.

Es wird Euch ein Bild vermittelt, wie die Welt ist, und es wird Euch so vermittelt, dass Ihr nicht daran zweifelt, dass die Welt so ist. Doch, liebe Freunde, die Welt ist keineswegs, was sie zu sein scheint. Was Ihr seht, ist ein Film, der aus den alten Gedanken der Menschen besteht.

Ihr seht einen Film und Ihr wisst es nicht, Ihr haltet diesen Film für wahr und verhaltet Euch nach den Rollen, die Ihr scheinbar darin zu spielen habt. Ihr könnt also auch einen neuen Film entwerfen, der all das enthält, was Ihr Eurem derzeitigen Zustand nach für wertvoll und erstrebenswert haltet.

Es ist ein großer Unterschied, ob Ihr ein Drehbuch der Disharmonie oder ob Ihr ein Lustspiel entwerft, in dem Ihr gerne auch eine Rolle übernehmt.

Es dient dem Ganzen, wenn Ihr neue Stücke erfindet, es dient dem Ganzen, wenn Ihr mehr Spaß habt, es dient dem Ganzen, wenn Ihr freudvoll lebt. Doch haltet Euch an nichts fest, um kreieren zu können, müsst Ihr frei sein von der Idee des Mangels und Eurer scheinbaren Identität, die an diesen Mangel gebunden ist.

Ihr müsst wissen, dass es ein göttliches Spiel ist, in dem Ihr mitspielt, und dass Euch jederzeit alles gegeben wird, was Ihr dazu braucht. Haltet nicht an der Vorstellung fest, dass dieses Menschsein alles ist, was Ihr seid, und Ihr es daher umklammern müsst – das schafft Anhaftung und Glücklosigkeit –, seht es als das, was es ist, ein Stück Eures Weges, nur eine Station auf dem Weg.

Das, was Ihr wirklich seid, ist Vollkommenheit, allumfassendes Sein ohne Beginn und ohne Ende. Wenn der Mensch das verstanden hat, wird er das Spiel genießen und gleichzeitig dazu beitragen, dass dieser Planet sich für die Menschen zum Paradies wandelt. Ihr seid hierhergekommen, um mitzuwirken, dass der Wandel friedvoll und stimmig für alle geschehen kann und eine neue Welt beginnt, eine Welt des Friedens, der Freude, der Freiheit.

Und dies ist das große Abenteuer, an dem Ihr teilhaben wollt, dabei zu sein und die Gesetze des Universums anzuwenden und die Wirkung zu erfahren, für Euch und für alle. So ist es.

Doch Euer Weg darf nicht mehr mühsam sein, alles muss sich so formen, dass es jenen dient, die dienen. Euer ganzes Umfeld darf sich umgestalten, dass es Euch zur Verfügung stellt, was Euch guttut, denn Ihr seid hier, um dem Ganzen gutzutun.

Also stellt Euer Licht nicht unter den Scheffel, seid SELBSTbewusst und erwartet, dass der Himmel mit Euch ist, denn es ist eben jener Himmel, der Euch aufgerufen hat, Eure Funktionen zu erfüllen. So ist es.

Was bedeutet es, im Frieden zu leben, liebe Freunde? Es bedeutet, dass in Euren Gedanken und Gefühlen Frieden ist. Damit dies gelingen kann, ist es wichtig, dass Ihr Euch einschwingt auf die Schwingung Frieden.

Es ist leicht, Reaktionen auf die kriegerischen Handlungen in der Welt zu erzeugen, doch es dient Euch nicht und es wandelt nicht. Wenn Ihr bereit seid, den Frieden und friedvolle Gedanken auszustrahlen, wandelt sich die Welt.

Gedanken der Liebe und der Unterstützung sind Gedanken des Friedens. Euer Wollen, dass es allen Menschen gut geht, ist ein friedvolles Wollen.

Ihr könnt nie den Weg des anderen gehen und jedes menschliche Wesen lebt seinen eigenen Rhythmus und sein eigenes Tempo seiner Evolution.

Doch im Letzten kommt Ihr alle an in der Gewissheit, dass Ihr ein Ausdruck des Göttlichen seid und es Euch große Freude bereitet, mitzuwirken an den Manifestationen von Glück, Harmonie, Frieden, wahrer Intelligenz und Freude.

Die Sprache von Spirit

Warum spricht Spirit in Wir-Form und warum verwendet er keine Alltagssprache? Es ist wichtig, dass wir unterscheiden lernen, welche Sprache durch uns spricht. Ist es eine Sprache der Wertung und Kritik, ist es eine Sprache des Aufzeigens und Unterscheidens, ist es eine Sprache des Vorwurfs, ist es eine Sprache, die zum Besseren führt, ermutigt, teilt und Neues schafft?

So wie unsere Sprache, so auch unsere Gedanken. Es braucht einiges an Training, sich in einer neuen Sprache einzuüben. Sie enthält die Worte der Dankbarkeit, der Ermutigung, der Liebe. Über die Wir-Form wird ausgedrückt, dass hier nicht einer/eine oder eines spricht, sondern ein Zusammenfluss von lichten Strömungen, die sich für den Einzelnen und das Ganze in einer neuen Form ausdrücken. Es ist eine Sprache, die bewusst und jederzeit die Vokabel anwendet, die heilsam sind. Es ist eine Sprache, die selbst, wenn sie das ausdrückt, was Transformation braucht, keine Wertung verwendet, die nicht beschuldigt, die kein Recht spricht – die hilft, das zu sehen, was sich wandeln darf, und das sieht, was schon so gut ist.

Das Ritual also, in einer anderen Form zu sprechen, hilft, dass wir uns anschließen an die tiefere Weisheit, die tiefere Wahrheit in uns, die uns des Weges führt und uns unserem Spirit immer näher bringt. Denn am Ende werden wir alle die Sprache von Spirit sprechen, natürlich in unserer Eigenart. Bis dahin ist Üben angesagt, und wir dürfen die Erfahrung machen, dass die Sprache immer feiner, immer genauer und liebevoller wird.

Es ist eine absichtsvolle Sprache der Heilung und der Liebe. Es ist eine Sprache, die aufzeigt, wo der Wandel geschehen darf, und eine Sprache, die nährt und erkennt. Es ist gleichzeitig keine Sprache der rosaroten Brille, sondern eine konkrete Sprache, die dort Hilfe aufzeigt, wo sie gebraucht wird. Spirit scheut sich keineswegs, eine Sprache der Konfrontation und der Provokation zu verwenden, wenn es gilt, alte Schlösser aufzubrechen. Spirit scheut sich keineswegs, sehr klar auszudrücken, wo die Sackgassen liegen und wohin bestimmte Haltungen führen werden. Doch Spirit tut das immer in einem Geist der tiefen Liebe. Und wer ist Spirit? WIR SIND SPIRIT.

SPIRIT

Für uns, geliebte Freunde, sind Worte Energieträger, sie bringen ein bestimmtes Quantum an Energie zu Euch. Die Worte werden so gewählt, dass sie hilfreich und heilend sind und Euch dienen. Das bedeutet für jeden von Euch etwas anderes,

Mancher wird Worte benötigen, die kraftvoll und öffnend sind, mancher von Euch wird Worte der Tröstung und der Anerkennung besser brauchen können.
Das ist von Fall zu Fall, von Mensch zu Mensch und von Frage zu Frage verschieden.

Geht Ihr gerade durch eine Phase von Schmerz, so wird Tröstung hilfreich sein, geht Ihr durch eine Phase von Trotz und Abwehr, so kann es sein, dass Euch herausfordernde Worte viel mehr dienen.

Es ist die Einstimmung auf Heilung und die liebevolle Haltung, um die es geht.
Wir lieben besonders die Worte des Humors, und wenn Ihr uns erlaubt, sie auszudrücken, dann sind wir sehr froh.

Doch es ist nicht an uns, zu wählen, welche Worte helfen, Ihr wählt das,
je nach Eurem inneren Zustand und Eurer Fähigkeit, zuzulassen.

Wir zeigen auf und machen bewusst; im Letzten können wir nur das ausdrücken, was Ihr erlaubt und bereit seid anzunehmen. Es stimmt, dass die Sprache sich immer mehr dorthin wandeln wird, dass sie reiner Energieträger für Eure Kreativität, Eure köstlichen Wünsche und Euer Wohlwollen sein werden.

Das Universum sagt immer ja, und so wird sich mit der Zeit auch Eure Sprache in eine affirmative Sprache wandeln, genauso wie sich Eure Gedanken in nützliche Gedanken wandeln und Eure Gefühle sich immer mehr zu einer grundtiefen Freude wandeln.

Sprache darf und wird immer ein Instrument Eurer Wahrhaftigkeit sein,
Ihr habt die vielen Worte genau dazu bekommen, um Euch wahrhaftig auszudrücken, doch Sprache ist auch kreatives Instrument, und es liegt daher an Euch,
wie Ihr sie verwendet und einsetzt.

Kreative Gedanken finden kreative Worte, bringen gute Gefühle und wundervolle Manifestationen; wenn Euch dies bewusst ist, werdet Ihr Eure Sprache neu überdenken und bewusst anders einsetzen.

Lasst uns einige herrliche Worte mit Euch teilen: Liebe, Harmonie, Frieden, Freude, Enthusiasmus, Ekstase, Schönheit, Brillanz, Kraft, Energie, Überfluss, Würde, Dankbarkeit, Wohlwollen, Heiterkeit, Humor, Leichtigkeit, Wahrheit, Glück, Gnade, Licht, Genuss, Freiheit, Lebendigkeit, Natur, Herzlichkeit, Größe, Poesie, Tanz, Paradies, himmlisch …

Es ist eine schöne Übung, wenn Ihr von Zeit zu Zeit all jene Worte aufschreibt, die Euch Vergnügen bereiten.

SPIRIT

Ihr lebt in unterschiedlichen Umfeldern. Nicht immer sind die Felder, in denen Ihr Euch bewegt, frei von Zwist, Konflikt und Schmerz, nicht immer habt Ihr ein Umfeld, in dem eitel Wonne und Frieden und Harmonie herrscht. Natürlich habt Ihr Euch diese Umfelder angezogen, um zu lernen, frei zu werden und unbeeindruckt Eure Welt zu erschaffen.

Um dorthin zu kommen, ist es wichtig, dem, was sich negativ zeigt, möglichst wenig Aufmerksamkeit zu geben. Das ist nicht immer möglich, denn wenn Euch jemand auf die Zehen tritt, so werdet Ihr ihn darauf hinweisen müssen, dass das nicht in Ordnung ist.

Ihr werdet vielleicht Gebrauch davon machen müssen, aufzuzeigen, was nicht in Ordnung ist und was nicht dient. Doch Ihr könnt es in einem Geist machen, der aufklärt und der mit der klaren Motivation an die Sache geht, zu informieren, zu heilen, zu helfen und bewusst zu machen. Es ist nicht immer das Beste, zu schweigen, denn Ihr seid Eurer Wahrhaftigkeit verpflichtet.

Viele von Euch haben darüber hinaus gelernt, ihre eigenen Schatten im Feld zu sehen und darüber Aufschluss zu gewinnen, welcher Art die Gedanken waren, die man Euch zu denken gelehrt hat.

Erst in den letzten 50 Jahren hat der Mensch vermehrt gelernt, sich den Schatten der Polarität zu stellen und genau hinzuschauen. Dieses Hinsehen hat ihm ermöglicht, zu erkennen, wie Materialisation funktioniert und welchen Wandel die Welt vor sich hat.

Eure Ausrichtung geht jedoch immer dorthin, wo Ihr ein freies Feld vorfindet, in dem Ihr das auf die Bühne Eures Lebens setzen könnt, was Ihr zu erfahren wünscht, und darin hat die alte Negativität keinen Platz mehr.

Ihr seid Meister Eures eigenen Lebens und es gibt keine Kollektivschuld, außer Ihr glaubt daran. Was es sehr wohl gibt, sind kollektive Gedankenströme, an denen Ihr Anteil hattet und bisweilen noch habt.

Sie zu erkennen und sie zu filtern und Euch wieder Eurer Freiheit bewusst zu werden ist Teil des Weges. In diesen Zeiten ist es von großem Nutzen, sich zu verinnerlichen und bei sich zu bleiben, wenig bis gar nicht ins Außen zu schauen und darauf zu reagieren.

Je weniger Reaktionen gegeben werden, umso weniger Nahrung bekommt das alte Feld. Was nicht genährt wird, verschwindet ganz und kann daher auch keinen Schaden mehr anrichten.

Was bewusst wahrgenommen wurde, all die begrenzenden Glaubenssätze über Euch und die Welt, kann auch keinen Schaden mehr anrichten. Denn es kann akzeptiert und freigegeben werden. Das geht nun immer schneller und oft im Bruchteil einer Sekunde. So ist es.

Gedanken

Gerichtete Gedanken sind Intentionen. Wenn wir davon ausgehen, dass wir nichts beobachten können, ohne es zu verändern, dann wird klarer, wie wichtig unsere Intentionen sind. Die ganze Welt, wie sie ist, halten wir über unsere Gedanken am Laufen. Würden wir aufhören zu denken, würde die Welt verschwinden.
Wir wären leer und damit die Welt.

Gedanken, die von vielen Menschen gleichzeitig und oft gedacht werden, verdichten sich zu Erwartungen, zu Glaubenskomplexen und zu Realitäten. So funktioniert es. Daran wäre nichts Schwieriges, wenn wir das nicht vergessen würden und dem, was wir erschaffen haben, Macht über uns geben.

Sogenannte Realitäten verselbstständigen sich und gewinnen Macht, der wir uns unterordnen. Je mehr wir erforschen, was ist, indem wir für wirklich halten, was ist, umso mehr tragen wir dazu bei, ebendiese Wirklichkeit aufrechtzuerhalten.

Würden wir einfach aufhören, an die feste Existenz zu glauben, und wissen, dass Dinge kommen und gehen, dann würden auch die um eine Sache gebildeten Glaubenssätze aufhören und es würde verschwinden, was uns Sorgen bereitet hat. Natürlich ist es auch mit den „guten" Dingen so: Je mehr wir positive Glaubenssätze um etwas bilden, was uns gut erscheint, umso mehr tragen wir zum Guten bei. Weder dieses Gute noch das Schlechte haben Bestand, wenn wir aufhören, es zu denken. Was dann bleibt, ist Leere und Ewigkeit.

Jeder Heiler hat eine positive Intention für seinen Patienten. Auch jene, die ausdrücken, dass sie einfach nur das Licht fließen lassen ohne jede Absicht, haben eine Absicht zur Heilung, denn sonst würde auf der materiellen Ebene überhaupt nichts geschehen.

Diese Intention ist bei „wirksamen" Wesen jedoch oft schon so integriert, dass sie nicht mehr darüber nachdenken müssen. Sie denken grundsätzlich heilende, dankbare, hilfreiche Gedanken und erfahren deren Manifestation laufend.

Gleichzeitig wissen alle „Heiler", dass Heilung manchmal geschieht und manchmal nicht geschieht. Da jede Heilung „Selbstheilung" ist, hängt das mit den Gedanken und Glaubenssätzen der Menschen zusammen, die Heilung suchen. Es mag jemand um Heilung bitten, jedoch den starken Glaubenssatz hegen, dass ihm nichts auf dieser Welt helfen kann.

Wenn dieser Glaubenssatz stark verankert ist, dann geschieht das, was der zu Heilende in Wirklichkeit tief drinnen befürchtet. Deswegen ist es so wichtig, dass wir selbstbewusst, selbstverantwortlich werden, denn wir selber haben es über unsere Gedanken und Gefühle in der Hand, was geschieht.

Selbst Wunder können nur nachhaltig sein, wenn sich unsere Gedanken verändern. Im Letzten gilt, nur wer dauerhaft seine Gedanken und Gefühle gegenüber der Welt verwandelt, wird dauerhafte Ergebnisse erzielen, immer auf der Basis des Wissens, dass Realität erschaffen ist und nicht per se existiert und ein Leben unabhängig von „uns" hat.

Das Kollektiv, das Massengemüt stellt eine große Herausforderung dar, weil so logisch erscheint, dass das, was wir sehen, hören, riechen, schmecken etc., wirklich ist und damit auch unser EGO – unser gedachtes Ich – wirklich ist. Es ist aber nur relativ und an Zeit und Raum gebunden, wie alle anderen Erscheinungen. Deswegen gibt es auch nachhaltige Veränderungen nur dann, wenn wir uns mit dem Tod ausgesöhnt haben und wissen, dass unser „Charakter" nur eine Rolle im Spiel ist.

Wenn wir wissen, dass wir ewige Wesen sind, ohne Anfang, ohne Ende, und uns hier nur auf einer Ebene möglicher Erfahrungen befinden – nämlich menschlicher Erfahrungen –, dann wird das Leben zum Spiel und zur Freude und wir können nach Herzenslust hervorbringen und uns daran erfreuen und uns auch freuen, dass wir weitergehen dürfen, wenn wir satt sind von der Erfahrung, Mensch zu sein.

Es ist also sehr wichtig, wie wir unsere Gedanken ausrichten, um uns keine negativen Erfahrungen mehr anzuziehen. Dazu braucht es oft jahrelange Übung. Millionen kollektiver Gedanken durchfließen die Welt, viele davon sind Gedanken der Angst und des Mangels.

Sich aus diesem Kollektiv zurückzuziehen, sich im Alleinsein Klarheit
darüber zu verschaffen, wie wirklich die Wirklichkeit ist, das kann dauern.

Wir sind so trainiert, zu verurteilen, zu beurteilen, zu werten, uns zu beschweren,
zu jammern, zu beschuldigen, Sorgen zu haben, dass es der willentlichen und
bewussten Erkenntnis bedarf, dies zu verändern. Seit wann kann der Mensch sich
selbst reflektieren, seit wann kann er sprechen, seit wann kann er schreiben?
Vergleichsweise sehr kurz in der Evolution dieses Planeten.

Genau das (die Fähigkeit zu denken und das auch zu kommunizieren) hat aber
dazu geführt, dass die Welt sich explosionsartig schnell zu entwickeln begann.
Unglaubliches spielte sich in kurzen Zeiträumen ab.

Nun sind wir an einem Punkt angelangt, an dem bewusst erstmals eine große Anzahl
von Erdenbürgern erkennen kann, WAS und WIE unsere Gedanken erschaffen, und
sich dafür entscheiden kann, persönlich und auch kollektiv neue Gedankenmuster
in die Welt zu setzen und diese zu verstärken, also machtvolle Felder zu erschaffen,
die einen Wandel begünstigen.

Gott sei Dank gibt es die unbeantworteten Fragen, sie führen uns immer weiter.
Sie sind die Tore, die wir durchschreiten, um Fortschritte zu erzielen. Sie sind das
wichtigste Instrument unseres Verstandes. Sie verhindern, dass wir eingeschlossen
werden. Menschen, die nicht aufhören zu fragen, sind entwickelte Menschen.
Doch auch unsere Fragen werden aufhören, wenn wir Gewissheit erlangen,
wie der schöpferische Prozess sich entfaltet.

Welche Gedanken braucht die neue Welt?

**Um eine Welt hervorzubringen, wie wir sie wünschen,
eine friedvolle, lustvolle, wundervolle Welt,
braucht es ebendiese Gedanken:**

Gedanken der Wertschätzung
Gedanken der Harmonie,
Gedanken der Dankbarkeit
Gedanken des Heilseins,
Gedanken der Schönheit,
Gedanken der Vollendung,
Gedanken der Liebe,
Gedanken der Unterstützung,
Gedanken des Überflusses,
Gedanken der Freude ...
Ein riesiges Übungsfeld mit dem schönen Nutzen,
das für uns und alle zu tun.

Würden wir für unsere guten Gedanken bezahlt bekommen,
wie viel hätten wir dann schon verdient?

Gesegnete Natur

Wenn die Stadt zu eng, zu laut wird, das Gedankengemurmel zu intensiv, dann bietet sich die Natur in ihrer Fülle und Stille an. Das ist reines Labsal. Die Stille ist wunderbar, alles spendet Kraft und Schönheit, nährt mit seiner Fülle und Kraft.

Bäume diskutieren nicht mit Dir, Wildschweine machen Dir keine Vorwürfe, Butterblumen haben keine Ansprüche an Dich, die Wellen im Bach leiden nicht … Das ist pure Erholung, pures Sein.

Und diese Natur ist immer für Dich da, sie liegt vor der Haustür oder knapp daneben und sie begrüßt Dich, gewährt Dir Eingang, ohne Eintritt zu verlangen.

Der Wind weht für Dich, der Regen fällt für Dich, die Sonne strahlt für Dich, unter Deinen Füßen die geduldige Erde, die Dich trägt und sich jedem Deiner Schritte anpasst.

Die Schönheit der Schöpfung entfaltet sich vor Deinen Augen und liegt Dir gleichzeitig zu Füßen. Wir würdigen das, was so schön ist, weil es uns erfüllt und weil wir es auch SIND.

Beziehungen

„Mein Herz gehört nur Dir allein" und „Ohne Dich hat mein Leben keinen Sinn" und „Ohne Dich kann ich nicht sein" – gefährliche Schlagertexte …

Wenn mein Herz einem anderen gehört, dann bin ich in der peinlichen Lage, dass ich selbst keines mehr habe. Wenn ich es an jemand anderen verloren habe, dann gehe ich ab nun herzlos durch die Welt.

Dieserart können Beziehungen vor allem zu einem führen: zu Abhängigkeit und Schmerz. Grundsätzlich sind unsere Beziehung wohl vorerst dazu da, dass wir uns zu uns selbst hin entwickeln und unabhängig und frei werden.

Erst dann werden Beziehungen widerspiegeln, was wir als Seelenwesen sind, freie Liebe, Selbstausdruck, Glück. Leichter gesagt als getan – sind doch unsere ersten Beziehungen bereits so angelegt, dass wir in tiefer Abhängigkeit leben.

Ein Dreijähriger kann wohl kaum seinen Koffer packen, seinen Eltern erklären, dass er genug von ihnen hat, dass sie in keiner Weise seinen Wünschen und Vorstellungen Rechnung tragen und dass er daher auszieht …

Ein Neugeborenes ohne den Schutz der Bezugpersonen stirbt ganz schnell. Wir brauchen also Menschen, vom Beginn unseres Lebens an. Wenn wir uns als vollkommene Wesen sehen, die den Wunsch verspüren, mit einem anderen vollständigen Wesen auf der menschlichen Ebene Intimität, Liebe, Begabungen, Gespräche, Freude auszutauschen, dann haben wir einen neuen Zugang zu Beziehung.

Erwachte Beziehungen sind kreative Beziehungen, sie bringen hervor, sie erschaffen, sie führen zu Wachstum und Fülle. Damit dies geschehen kann, müssen wir grundsätzlich frei sein, die Liebe gedeiht nun mal nicht in Abhängigkeiten und Verträgen. Erwachte Beziehungen brauchen immer ein „open end", sie müssen wachsen und sich erneuern dürfen, sie sterben, wenn sie eingeschlossen werden.

Sie gedeihen wie Blumen, wenn sie gepflegt und aktiv genossen werden, und sie sterben auch wie Blumen, wenn sie nicht mehr gegossen werden.

Sie ernüchtern unter dem Austausch von Meinungen, Vorwürfen, Geboten und Verboten, sie entfalten sich im freien Austausch und in der gemeinsamen Ausrichtung und sie folgen denselben Gesetzen wie alles andere auch: Was gewürdigt, geschätzt und bekräftigt wird, wächst und entfaltet sich, was entwertet, kritisiert und ausgehungert wird, stirbt ab.

Bedingungslose Liebe ist immer da, sie wird sich jedoch nicht notwendigerweise in bestimmte Formen gießen, denn sie liebt zu jeder Zeit und immer, alles, was ist. Sie ist reine Erholung und an nichts gebunden. Sie ist unser Geburtsrecht.

Wer in diese Freiheit eingetaucht ist und keinerlei Wunsch mehr nach intimer Zweisamkeit hat, für den ist die Welt zur Liebesbeziehung mit allen geworden. Bedingungslose Liebe braucht keine Beziehungen, in der bedingungslosen Liebe löst sich im Grunde genommen alles auf und wird wieder leer.

Sie ist unser Urgrund, und erst unsere Wünsche, Intentionen schaffen darin neue Formen und Erfahrungen. Das ist wohl auch ein Grund, warum sich auch sehr gute Beziehungen auflösen – weil sie ihren Zweck erfüllt haben. Die Form geht, die Liebe bleibt. Wenn wir diesen Auflösungen nicht mehr mit Verlustangst und Schmerz begegnen, dann können wir sie würdigen und in Frieden weitergehen zu neuen Horizonten in der Evolution unserer Seele.

Die Vorstellung, dass wir Beziehungen haben müssen, löst sich auf. Wer sich selbst gefunden hat und in die tiefste Liebe, die Selbstliebe, eingetaucht ist, braucht gar nichts mehr.

Alles, was dann noch geschieht, geschieht aus der Glückseligkeit des Seins und entspringt und entspricht ganz dem Potenzial, dass sie Seele entfalten will. Wenn diese Seelen sich beziehen, dann wird Beziehung reines Spiel und reine Freude. Im besten Fall sind dann Beziehungen ein freier, köstlicher Tanz im ewigen kosmischen Sein.

SPIRIT

Die neuen Beziehungen sind schwer zu beschreiben, deswegen, Freunde, weil Ihr sehr viele alte Bilder zu Beziehung im Kopf habt. Sie sind verbindlich, schließen jedoch nicht aus. Sie unterstützen und bringen hervor, bleiben jedoch offen. Sie haben Wachstum und Wandel im Sinn. Sie sind frei gewählt und ohne Zwang und Haftung.

Sie müssen nicht besiegelt werden und nicht dauern, bis der Tod sie scheidet, denn sie sind frei wie die Seelen, die sich darin verbinden. Sie sind weniger persönlich, als Ihr denkt, denn sie sind wie Wasser im Brunnen, das immer wieder neu geschöpft wird. Sie haben Bestand, wenn sie sich laufend erneuern und wenn die Schwingungen jener, die sie eingehen, einander gleichen. Sie werden nicht durch Verträge aufrechterhalten, sondern durch den freien Willen und den Mut zur Kreation.

Sie sind nicht besitzergreifend und gehen nicht zu Lasten anderer. Sie geben Raum und Fülle und erlauben allen, die sie eingegangen sind, laufend über Grenzen zu schreiten und sich zu erneuern. Sie sind ohne Leid und ohne leidvolle Erfahrungen. Sie sind mächtig und kraftvoll, wirksam und voll Fülle, sie bewegen sich nicht auf dem Kontinuum von Macht und Ohnmacht, Bevormundung und Forderung.

Alle Beziehungen stehen derzeit auf dem Prüfstand.
Eure politischen Beziehungen, die Beziehung zwischen Nationen und Völkern, zwischen Machthabern und Untertanen, zwischen Lehrern und Schülern, Kindern und Eltern, zwischen Männern und Frauen …

Überall gelten dieselben Gesetze und überall müssen und dürfen die gleichen Entwicklungsschritte gegangen werden. Machtanwendung, Übervorteilung, Polarisierung, Grenzziehung, Disharmonien, Gefälle jeder Art dürfen und müssen ausgeglichen werden, damit auf der Basis eines tiefen Friedens das Neue entstehen kann. Ihr seid auf dem Weg dorthin. Wahrhaftigkeit und Wahrheit leiten Euch.

Jeder Mensch weiß und fühlt, dass es nicht stimmig ist, dass Menschen auf Eurem Planeten hungern, dass Kinder für die Kriege ihrer Eltern sterben, dass Machtausübung und Gewalt jeder Art nicht dienlich sind. Der Wandel geschieht nicht in Euren politischen

Gremien, er geschieht in jedem Einzelnen von Euch. Jeder Mensch, der in den inneren Frieden eintaucht, schafft den Frieden auf der Welt. Das, was es bisweilen noch schwer macht, sind Eure Emotionen. Sie binden Euch an die Vergangenheit und Ihr unterscheidet zwischen Recht und Unrecht, statt loszulassen und Euch dem zuzuwenden, was JETZT ist und daraus werden kann.

Ihr nennt den Austausch von Meinungen Demokratie, Ihr bemüht Euch um Konfliktlösungen, Ihr schickt Beobachter in Kriegsregionen. Ihr bleibt auf einer Stufe stehen, weil Ihr noch an die Vergangenheit glaubt, statt die freie Luft der Gegenwart zu atmen. Beziehung beginnt mit der Beziehung zu Euch SELBST.

Das hat Euch niemand gelehrt. Euer Augenmerk wurde auf das Außen gelenkt und Ihr wurdet erzogen zu Konkurrenz, Kampf, Mangeldenken und dem Recht des Stärkeren, des Klügeren. Wir sagen nicht, dass Ihr darüber nicht vieles gelernt habt, doch es dient Euch in dieser Zeit nicht mehr. Viele von Euch sind derzeit in Räume des Alleinseins eingetreten, um in der Stille mit dem Selbst in Kontakt zu treten, um sich zu reinigen vom Marktgeschrei der Welt.

Wenn Ihr mit Euch selbst eins geworden seid, wird sich die Welt von selbst verändern und Ihr werdet die Lehrer der Welt werden, weil Ihr anderen vermitteln werdet, was Ihr selbst erfahren habt. Ihr, Freunde, Ihr seid das Licht der Welt. Ihr, die Ihr im Frieden und in Freiheit lebt, Ihr habt den globalen Auftrag in Euer Leben mitgebracht, mitzuwirken am Aufstieg der Welt in ein goldenes Zeitalter, das wir Himmel auf Erden nennen.

Ihr seht also, Freunde, dass wir Beziehungen nicht als ein gesondertes Phänomen im privaten Raum betrachten können. Beziehung ist Beziehung mit der Welt und die Welt spiegelt die Beziehung mit Euch SELBST wider.

Um neue Beziehungen zu kreieren, müsst Ihr vorerst mit Euch selbst gut auskommen können. Sobald Ihr das könnt, werdet Ihr selbstbewusst und ohne auf die alte Welt reagieren zu müssen kreative, heilvolle Begegnungen und Bezüge herstellen, die Euch als globale Menschen erkennen lassen.

Die neuen Liebesbeziehungen zwischen Frauen und Männern.

Erwachte Frauen und Männer werden wählen, miteinander zu wachsen und zu kreieren. Sie werden sich bewusst und willentlich zusammenschließen und großzügig und verbindlich Räume miteinander gestalten, die beispielgebend für andere sind.

Wir sehen diese neuen Beziehungen als verspielt, kreativ, künstlerisch, originell und humorvoll. Der Austausch von Gedanken und das gemeinsame, lustvolle Hervorbringen von Ideen werden selbstverständlich sein.

Weder Männer noch Frauen werden in diesen Beziehungen kämpfen oder sich beweisen müssen, es wird kein Gegeneinander geben, denn diese Beziehungen sind von Grund auf neu und frei. Großzügiges Teilen wird selbstverständlich, sich aneinander freuen und einander Freude schenken wird genauso Ausdruck dieser Beziehung sein wie das gemeinsame Genießen der individuellen Eigenart des Partners.

In den neuen Liebesbeziehungen werden nicht Testosteron und Östrogen eine Hauptrolle spielen, sondern das Liebesspiel, das sich auf Sinnlichkeit und Erotik und Phantasie gründet. Die durchlichteten Körper sind Ausdruck des SELBST in aller kreativen Form.

Gott-Menschsein wird sich hier verbinden. Kinder, die diesen Beziehungen entspringen, sind erwachte Seelen, die bewusst wählen und gewählt werden.

Es wird eine breite Vielfalt von Beziehungen geben, keineswegs nur auf zwei Menschen beschränkt, manche werden Beziehungsformen wählen, die mehrere Menschen einbinden – das wird der Wahl, der Kreativität und der Reife der jeweiligen Individuen entsprechen. Viele Formen sind möglich, auch hier wird sich in Form gießen, was im Denken möglich ist.

Die Grundvoraussetzungen sind jedoch überall die gleichen: Liebe, Austausch, Harmonie, Frieden, Freude, Schönheit, Schöpfungskraft und die bewusste Wahl.

Bedingungslose Liebe

Bedingungslose Liebe ist keineswegs emotional oder in irgendeiner Weise romantisch, sie ist nicht mild und wohltätig und irgendwie „ichhaft". Sie ist neutral wie der Ozean und lichtvoll wie ein ganzer Himmel voller Sterne. Sie drückt sich aus durch ein vollkommenes Einverständnis und vollkommene Einschließlichkeit. In der bedingungslosen Liebe „bleibt nichts draußen", alles ist willkommen, was nicht heißt, dass in unserem menschlichen Sinn alles „gutgeheißen" wird.

Es ist mehr so, dass sich dieses Problem überhaupt nicht stellt, weil die bedingungslose Liebe „weiß", dass sich in ihr sowieso alles wandelt. Nichts kann bleiben und mehr recht haben als ein anderes. Niemand gewinnt, niemand verliert.

Alles geschieht und nichts ist geschehen. Alles ist gleichwertig, alles ist gut, alles ist frei, alles ist sicher. In dieser Liebe ordnet sich alles von selbst, weil es GEWUSST ist. Wer in diesem Feld IST, hat alle Anstrengung hingegeben und lässt geschehen. Es ist aber auch hier kein passives Geschehenlassen, es ist die Bewusstheit, dass nichts getan werden muss, weil es schon ist. Mit Worten ist es schwer erklärbar, aber das Gefühl ist vermittelbar. Es ist Ordnung und Ruhe, alles ist an seinem Platz, obwohl kein Platz zugewiesen wird, nirgendwo ist Störung, nirgendwo ein Müssen, es ist ein Fließen in „Richtigkeit".

Kein Wunsch entsteht, etwas zu verändern, und dennoch geschieht alles von selbst und wandelt sich laufend. Es ist ein Meer und gleichzeitig ein Strom, es ist still und dennoch ständig bewegt. Es ist unendlich wohltuend und heilsam. Es tut so gut, zu wissen, dass es alles beinhaltet und für alles „sorgt".

Diese Liebe ist intelligent, und das ist absolut spürbar. Sie ist allumfassend und frei, keineswegs beliebig, sondern hochgeordnet. Sich in ihr zu „befinden" ist wohltuend und vollkommen angstfrei und selig geborgen. Ihr zu vertrauen ist selbstverständlich und muss nicht eigens genannt werden. Es gibt kein Bemühen, alles ist wach und lebendig und nirgendwo ist ein Schatten, ein Fehlgehen, eine Sorge.
Das Gefühl ist: Es ist alles gut.

SPIRIT

Bedingungslose Liebe ist SEIN, aus dem alles kommt und in das alles wieder geht. Es ist das Zentrum aller Manifestationen und Formen. Bedingungslose Liebe ist vollkommene Ordnung und Heimat, und da in ihr alles ist, ist in ihr auch alles fühlbar und gewiss.

Nichts kann fehlen, nichts kann zu viel sein. Alles ist in Vollkommenheit da. Einssein ist vollkommen natürlich, nichts, was je nicht sein könnte, nichts, was je verloren ging, nichts, was mangeln könnte, nichts, was ungeboren bliebe.

Sie ist reine Fülle und erfüllt alles. Tiefer Friede ist da und in Makellosigkeit bringt sich alles hervor, erfüllt sich und kehrt in sich selbst zurück in reiner Freude.

Obwohl nie etwas fehlen kann, trägt alles zur weiteren Fülle bei. Keine Zeit existiert und alles ist gewusst. Wenn Ihr Euch dieser Liebe bewusst werdet, werdet Ihr diese Liebe, und während Ihr darin ruht, bringt Ihr Euch laufend neu hervor.

Ihr seid Leere und Fülle in einem, Leben und Erleben in einem, Freude und Stille in einem. Nichts ist verborgen und nichts muss gesucht werden, nichts muss je anders werden und jeder Wandel ist willkommen.

In ihr seid Ihr Wind und Meer und Kind und Stein und Klang und Farbe. Jede Note eines Liedes liegt in ihr und jedes Wort, das je gesprochen wurde. Nichts ging je verloren und nichts bleibt, wie es war. Alles ist in ständiger Bewegung und ruht dennoch in der Stille.

Nichts war je getrennt und jede Form ist herrliche Schöpfung.

Teilen statt besitzen

Die meisten Menschen erkennen nicht, dass Besitzen eine sehr teure Angelegenheit ist. Was immer Du besitzen musst, musst Du auch erhalten und verteidigen, schützen, renovieren etc …

Du bist viel freier, wenn Du nichts besitzen musst und das Universum als etwas betrachtet, das Dir laufend zur Verfügung stellt, was Du jetzt gerade willst oder brauchst.

Statt in Deinem Eigenheim am Stadtrand lebst Du dann mal im Schloss, in einer Strandhütte, in einem Blockhaus auf den Bergen, in einem Penthouse in New York.

Du lebst in sich ewig wandelnden Bezügen und neuen Eindrücken. Nichts gehört Dir, aber alles steht Dir zu Verfügung.

Utopie? – Nein, Gedankensache. Wenn viele Menschen so denken, würde schnell ein reger Austausch von Objekten und Plätzen, Räumen und Aufgaben passieren, und wir würden sehr viel mehr von der guten Welt mitbekommen.

Ein indischer Maharaja würde sich in New York bewegen, während ein New Yorker Journalist im Palast wohnen würde. Ein Großstadtpflanze würde kurzfristig das Domizil mit einem Südseetaucher wechseln und ein Mann aus dem Norden würde auf den Liparischen Inseln den Blick auf die Vulkane genießen, während ein Mensch aus dem Süden die herrlichen Fjorde aus seinem Fenster betrachten würde.

Natürlich muss das nicht immer eins zu eins sein. Wenn das eine Lebenshaltung wäre, würden ganz viele davon profitieren. Gleichzeitig würden wir – im Bewusstsein, dass unsere Behausungen vorübergehend sind – gut darauf achten, damit der Nächste sie schön und geordnet vorfindet, so wie wir uns als Gast in der nächsten Behausung wohl fühlen wollten.

Wir würden vielleicht etwas hinzufügen, was sie noch schöner macht, und uns freuen. Doch Besitz gilt nicht nur für materielle Objekte, wir könnten auch aufhören, unsere Gedanken und unsere Gefühle besitzen zu wollen, und sie stattdessen genießen und fließen lassen und teilen.

Wir könnten wie die Schmetterlinge von Blüte zu Blüte – von Erfahrung zu Erfahrung – wandern und uns am Reichtum und an der Fülle der Schöpfung erfreuen.

Wenn etwas besonders schön ist, dann freuen wir uns doch, wenn wir es mit vielen, vielen teilen können. Der Duft einer Blume ist nicht weniger kostbar, wenn viele daran riechen, doch die Freude am Geruch vervielfältigt sich.

Unsere Beziehungen nicht als Besitz, sondern als Geschenk und Glück zu betrachten würde schnell dazu führen, dass sich Eifersucht und Neid auflösen. Wir wüssten dann immer, dass jeder Augenblick kostbar ist und dass es eben dieser Augenblick ist, den wir mit dem anderen teilen.

Niemand könnte uns etwas wegnehmen, weil wir erkannten, dass der Augenblick einmalig ist. So würden wir von Augenblick zu Augenblick genussvoll leben und diese Freude auch jedem anderen zugestehen. Wir würden uns nicht unsicher und ungeliebt fühlen, sondern in einer märchenhaften Fülle, die uns laufend beschenkt.

SPIRIT

Die Liebe ist das Medium, in dem Ihr alle miteinander schwingt und verbunden seid. Aus der Liebe könnt Ihr nie fallen. Macht Euch dies bewusst, wenn Ihr Euch in Einsamkeit gefangen fühlt und denkt, Ihr wäret ganz verlassen. Auf einer tiefen Ebene wisst Ihr alle um Euch selbst und keiner geht je verloren. Je mehr Ihr Glück für Euch und den anderen wünscht, umso mehr Glück werdet Ihr erfahren. Denn wenn jemand von Euch auf dieser Welt in diesem Moment gerade ganz glücklich ist, dann teilen sich diese Strömungen Euch allen mit und Ihr partizipiert an diesem Glück.

Geizt also nicht mit dem Glück, gewährt Euch diese wundervolle Schwingung, sie ist jederzeit in Euch aufrufbar, und verströmt sie und tragt damit bei, dass die ganze Welt mit Euch feiern kann. Gönnt Euren Mitmenschen ihr Glück, dann seid Ihr immer dabei, wenn gefeiert wird. Alles ist Energie und Energie kann jederzeit vermittelt werden, Ihr braucht dazu gar nichts als die bewusste willentliche Haltung und ein gutes Gefühl. Wenn Menschen das besser verstehen würden, könnten sie auf jede Situation Einfluss nehmen und sie zum Besseren wenden. Wenn Ihr etwa Menschen, die derzeit in Not sind, einfach liebevolle, gute Gedanken und Gefühle zuteil werden lasst, indem Ihr sie gedanklich und gefühlsmäßig mit ihnen teilt, so könntet Ihr die Effekte jederzeit überprüfen.

Die meisten Eurer Mitmenschen werden immer empfänglicher für das Gute. Und jene, die sich derzeit noch verschließen, werden früher oder später am Beispiel lernen und sich angezogen fühlen, denn jeder Mensch trägt die göttliche Sonne in sich und will sich gut fühlen. Segnet alles, was Euch begegnet, das Gute wie das Schwierige – im Segen kann es sich wandeln. Segen ist eine direkte Form der Dankbarkeit, Ihr nehmt den anderen wahr, würdigt sein Licht und wünscht ihm von Herzen alles Gute. Ihr kritisiert ihn nicht und wertet ihn nicht. Ihr wünscht einfach, dass er sich entfaltet und sein Leben genießt.

Segnet jeden Tag, segnet, was Ihr esst und was Ihr trinkt, segnet Euren Körper und seine Organe, bedankt Euch für all das, was in Eurem Leben gut funktioniert, und bedankt Euch für alles, von dem Ihr wollt, dass es gelingt. Wenn Euch Segnen zur zweiten Natur geworden ist, so werdet Ihr die Wirkung jeden Tag deutlich sehen können.

Normalität und Werte

Von Kindesbeinen an werden wir konfrontiert mit den Werten einer Gesellschaft (Gruppe, Familie, Kultur), in der wir leben. Es wird uns vermittelt, was wir dürfen und nicht dürfen, was geduldet ist und erlaubt, was gegen die guten Sitten verstößt.

Wir werden darin unterrichtet, was wir wollen sollen und ablehnen sollen und wie wir uns verhalten sollen, um zu einem guten Normalbürger zu werden.

Es gibt Subkulturen, die ihre eigenen Werte haben, Gegenwelten, die sich anders verhalten, dennoch hat jede Gruppe ihren Kodex, den wir befolgen müssen, wenn wir dazugehören wollen. Werte und Normen werden entweder durch Beispiel vermittelt oder ausdrücklich über Regeln und Gesetze.

Bis wir alt genug sind, uns unsere eigene Welt aufzubauen, sind wir bereits konditioniert. Nach kurzen Phasen der Rebellion gliedern wir uns ein in den Lauf des Vorgegebenen. Selten genug geschieht es, dass Eltern ihr Kind sein lassen können, und noch seltener geschieht, dass Gesellschaften ihre Kinder im SEIN lassen können.

Würden wir von Beginn des Lebens an so respektiert werden, wie wir sind, würden unsere Potenziale erkannt werden, dürften wir uns gemäß unserer Natur entfalten, hätten wir andere Gesellschaften. Die Erwachsenen wären dann Begleiter der Kinder, sie würden sie nähren und pflegen, behüten statt sie zu erziehen, sie würden wie Gärtner, die eine Blume beim Wachsen zusehen und die nötige Unterstützung geben.

Wir würden dann eine ganze Menge von unnützem Zeug nicht mehr lernen und nicht unsere Köpfe damit vollstopfen, wir würden früh auf unser Inneres hören und uns gemäß unseren wahren Begabungen entwickeln. Das würde eine Landschaft bunter Wesen ergeben, die viel Spaß an ihrer Vielfalt und Einzigartigkeit hätten und wunderbar miteinander kooperieren würden.

Statt uns ständig zu messen und zu vergleichen würden wir lernen, die Vielfalt zu schätzen und uns reich zu fühlen. Kindergärtner, Babysitter, Lehrer wären höchst angesehen in diesen Gesellschaften und würden einen hohen Stellenwert einnehmen. Die reifsten Menschen, die Erwachtesten wären mit den Kindern und würden für ihr Wohl sorgen. Kreativität wäre wichtig und die Kinder könnten sich ihrer wahren Natur und Eigenart gemäß entwickeln.

Was also sind die Werte, die uns Menschen wirklich guttun?
Erkannt werden
Sein dürfen, wie wir sind
Unterstützt werden
Geliebt werden
Das gelehrt werden, was wir brauchen, um mit der physischen
Welt zurechtzukommen
Wachsen, werden, entfalten
Teilen und geben
Wesentlich und einzigartig sein
Zeit und Raum haben
Stille
Liebe

Wenn wir in diesen Werten geborgen sind, ist Lernen große Freude, und die Vielfalt, die sich uns zeigt, ist reizvoll. Wir lernen voneinander und haben keinen Prüfungsstress, wir müssen nichts beweisen, wir müssen nicht leisten, um zu überleben und geliebt zu werden.

Wir sind geliebt und leisten gerne unseren Beitrag zum Ganzen. Wir blühen auf in dem, was wir zu geben haben, und freuen uns darüber, dass es dankbar angenommen wird.

Je mehr Talente vorhanden sind, umso schöner die Welt, je mehr kreative Gedanken sich verwirklichen, umso bunter die Welt. Ressourcen sind im Überfluss vorhanden und aus neuen Ideen werden neue Formen.

Warum Wunscherfüllungen nicht dem EGO dienen

Manchmal wollen Menschen „das Universum zwingen", Wünsche zu erfüllen. Wir denken dann, das Universum müsste den Beweis antreten und uns das geben, was wir „fordern".

Das Universum gibt uns immer alles, worum wir wirklich bitten, was wir wählen und bereit sind zu empfangen. Daher ist es so wichtig zu prüfen, ob unsere Wünsche aus dem Herzen kommen oder Produkte des konditionierten Verstandes sind.

Wenn Wünsche einfach der „Ersatzbefriedigung" dienen und Gold zu Talmi wird, dann schützt uns Spirit davor, in die falsche Richtung zu gehen. Wenn hingegen unsere Wünsche aus dem Herzen kommen und Ausdruck von uns SELBST sind, dann erfüllen sie sich immer.

Wie können wir erkennen, was Herzenswünsche sind? Sie fühlen sich gut an, sie spüren sich fein und warm in unserem Herzen, wir sind froh darüber, dass wir diese Wünsche haben. Ist Ehrgeiz damit verbunden, ist das Gefühl damit verbunden, wir müssten es schaffen, dann ist ziemlich sicher das Ego im Spiel.

Der Himmel ist nicht daran interessiert, zu verwehren oder zurückzuhalten, sondern in Hülle und Fülle zu geben, doch unser Part ist es, wahrhaftig herauszufinden, was wir wünschen. Geht es also wirklich um Geld, um Auto, um Wohnung – um Materie? Geht es also wirklich um Partner, Traumjob etc. …?

Ein sicheres Mittel, herauszufinden, was wir wirklich wollen, ist, darüber nachzudenken, welche Gefühle in uns wach werden, wenn wir das bekommen, was wir uns gewünscht haben. Meistens sind es Gefühle des Friedens, der Freude, die Leichtigkeit, des Glücks etc., die wir wirklich wollen, die also Ausdruck unserer wahren Wirklichkeit sind.

Der Wandel hört nie auf, wir wachsen immer weiter – wir sind endlose Wesen

SPIRIT

DU BIST SPIRIT.
Es kommt die Zeit, da Ihr erfahren werdet, „ich bin Spirit".

Die scheinbare Trennung, die zu Zwecken des Lernens, des Erkennens gedient hat, hat sich aufgelöst. Nun kannst Du die vollkommene Verantwortung für Dein Leben übernehmen und gewiss sein, dass Du „aufgeholt" hast und eingetaucht bist in den Zustand, der Dein göttliches und Dein menschliches Sein versöhnt hat.
Du kennst die Gesetze des Himmels und der Erde.

Du kannst sie anwenden und Dein Leben vollkommen bewusst und nach Deinen Herzenswünschen gestalten, Du kannst gleichzeitig Dich vollkommen hingeben und dem Ganzen dienen und Deine Geschenke der Gemeinschaft zur Verfügung stellen.
Der Wandel ist vollzogen und Du bist ein bewusstes Wesen geworden.

Deine alten Gedanken haben sich aufgelöst und Du bist in der Lage, bewusst und frei und willentlich zu denken, Du bist frei, jederzeit eine Welt mitzuerschaffen, die Dir und allen dient. Du bist frei als Individuum und vollkommen eingebunden in das Ganze und Dir Deines Platzes bewusst. Du bist allein(s) und Teil des Ganzen.

Du bist zu Deinem SELBSTausdruck befreit. Angst und Abhängigkeit sind verschwunden, Du bist selbstbewusst und liebend, Du weißt, dass die Liebe alles hervorbringt und unendlich intelligent ist. Du hast aufgehört, das Leben zu kontrollieren, stattdessen erschaffst Du und bringst aus dieser Fülle hervor.
Du bist frei geworden und gleichzeitig zum Diener.

Die neue Welt findet nicht ohne Dich statt. Du bist wichtig.

SPIRIT

Eure Zukunft ist Euch sicher. Sie fliegt Euch zu, wie die Seeschwalbe auf ihrer Reise. Sie ist so sicher, wie Ihr sicher seid. Eben darum, Freunde, freut Euch über all die Veränderung, die Ihr zugelassen habt und an der Ihr mitgewirkt habt. Wer sich über die Jahre das Beste gewünscht hat, der kann nicht fehlgehen in der Gewissheit, dass sich zeigt, worum gebeten wurde.

Der Wandel geschieht auch in der geistigen Welt: Erwartet, Freunde, dass auch der Wandel in der geistigen Welt immer schneller geschieht, denn Euer Lernen trägt zur Ausdehnung des Universums bei und alles wandelt sich mit euch mit.

Ihr seid nun gut eingeschwungen in eine Frequenz, die so viel möglich macht, und Ihr seid in dieser Frequenz auch gut geerdet, das ist sehr wichtig, sonst würdet Ihr den Wandel weder aushalten noch mittragen können.

Je mehr Ihr dem Wandel zustimmt, umso mehr kann auch Wandel in unseren Welten geschehen, denn wir wachsen und gedeihen mit, das ist Ausdruck der Kreativität des Universums, das nie stillsteht.

Egal wie sehr man es Euch vermittelt hat, der Körper ist nicht so fest, wie er erscheint. Eben jetzt wird ganz viel für Eure Körper gearbeitet. Ihr werdet gereinigt von altem Gedankengut, von alten Informationen (die wie Zeitbomben in Euren Zellen liegen), die Ihr über Jahrhunderte von Generation zu Generation vererbt und weitergegeben habt.

Ihr dachtet, so wäre es nun mal. Doch im Angesicht der neuen Freiheit muss nichts davon bleiben. Wer reine, klare Gedanken hat, wer in bedingungsloser Liebe alles wahrzunehmen bereit ist, ohne Reaktionen hervorzubringen, dessen Körper wandelt sich. Ihr könnt jederzeit dazu beitragen, indem Ihr Erinnerungen gehen lasst, indem Ihr „vergesst", indem Ihr Euch darauf einschwingt, dass jeder Augenblick neu ist und damit auch der Körper jederzeit neu wird.

Alle Materie folgt dem Geist und damit den Gedanken. Wenn Euer Geist erhoben und klar und rein ist, so wird Euer Körper das immer mehr ausdrücken. Er wird feinstofflicher, durchlässiger und „augenblicklicher" werden. Dann können keine Altlasten bestehen bleiben und neue Lasten werden nicht aufgebürdet, weil der Körper sich laufend erneuert und alle Schwingungen abfallen, die zu Zeiten schwer und krankmachend waren.

Ein Körper, der sich laufend erneuert, folgt nicht den kollektiven Ideen über Alter und Siechtum, sondern erfrischt sich jederzeit und dient daher als Ausdrucksinstrument des freien Geistes.

Ihr steht am Anfang dieser Entwicklung, die sich nun immer mehr durchsetzen wird, vorerst unter den Erwachenden, doch bald auch im Massengemüt, denn der Wandel darf schnell und immer schneller geschehen – letztlich wird es nur einen Augenblick brauchen, bis der Wandel vollzogen wird.

Vertrauen

SPIRIT

Freunde, wenn Ihr davon ausgeht, dass die Kraft, die das Universum lenkt, unendlich intelligent ist, wird es nicht mehr schwer, zu vertrauen. Wenn Ihr darüber hinaus wisst, dass alles, worum Ihr bittet, erfüllt wird, dann wird es noch leichter, zu vertrauen.

Das Universum müsst Ihr keiner Prüfung unterziehen, doch Eure Motive, Eure Wünsche dürft Ihr überprüfen. Denn oft habt Ihr empfangen, worum Ihr gebeten habt, und es gar nicht bewusst wahrgenommen.

Es sind Dinge passiert, die Ihr nicht wolltet, und Ihr habt die universelle Kraft dafür verantwortlich gemacht. Die Wahrheit aber ist, dass es Euer unbewusstes Denken war, das herbeigeführt hat, was Ihr nicht wolltet, und es gehört zu Euren Lernerfahrungen auf dieser Erde, dass Ihr erntet, was Ihr sät.

Denn darüber lernt Ihr, Euch auszurichten und klar zu bestimmen, was Ihr wollt und wie Ihr leben wollt, als Individuen und noch viel mehr als Gemeinschaft aller Menschen.

Ihr solltet dem Universum nicht vorschreiben, wie es Euch das bringt, worum Ihr gebeten habt, es macht die Sache viel komplizierter, als sie sein muss, und Ihr bringt Euch um das Geschenk der Überraschung.

Die uneingeschränkte Liebe und Intelligenz hat weit mehr Überblick über das Geschehen als Ihr und kann daher die einfachsten und besten Wege zur Erfüllung Eurer Wünsche finden. Wenn Ihr nicht vertraut, also erwartet, dass Ihr betrogen und enttäuscht werdet, dann liegt diese Erwartung wie eine verschlossene Tür vor all dem Guten, das Ihr empfangen könnt.

Würden alle Menschen vertrauen, so hättet Ihr sehr bald die Manifestation Eures Himmels auf Erden. Vergesst nicht, dass Vertrauen Kraft ist und Kraft hat.

Übt Vertrauen in kleinen Dingen, und die großen werden folgen. ICH BIN ist eine sehr machtvolle Energie. Sie holt das auf die Erde und zu Euch, was Ihr dem ICH BIN hinzufügt.

Drückt Ihr aus: Ich bin klein, arm, unglücklich, so werden sich andere Formen in Eurem Leben materialisieren, als wenn Ihr ausdrückt: Ich bin kraftvoll, leicht, schön, kompetent etc. ...

Macht Euch die Energie ICH BIN zu eigen und bewusst, denn Ihr könnt sie augenblicklich fühlen, wenn Ihr das wollt. Entscheidet Euch dafür, dass Ihr das leben und verkörpern wollt, was IHR SEID.

Entscheidung, die Wahl haben, wählen und die Wahl bekräftigen ist ein energiegeladener Vorgang. Die Energie, die freigesetzt wird über Eure Entschiedenheit, ist so groß, dass sie alle Berge versetzen kann. Entscheidet Euch und erwartet, dass das geschieht, wofür Ihr Euch entschieden habt.

Lasst keine alten Gedanken dazwischenkommen. Bleibt rein und klar und vertraut. Für viele von uns fühlen sich Wandel und Transformationsprozesse, die derzeit geschehen, oft wie eine Geburt an. Ängstlichkeit verstärkt die Wehentätigkeit und mit dem Schmerz verstärkt sich die Angst.

Wir halten dann zurück, statt und ein- und loszulassen. Was hilft, ist, das zu geben, was wir erhalten wollen, es freiwillig und aus ganzem Herzen zu geben. Willst Du also Glück, so gib Dein inneres Glücklichsein und strahle es aus. Freue Dich auf das Kommende und mach Dir bewusst, dass Du es bereits bist, weil Du es ansonsten nicht hättest wünschen können. Wenn Dir das schwerfällt, tu so „als ob" und Deine Gefühlslage wird sich umgehend ändern.

Ego – Auflösung

Wenn wir beginnen uns zu „desidentifizieren", also uns von unseren Identifikationen mit Inhalten, Vorstellungen, Merkmalen etc. zu lösen, wenn wir den Riesenkarteikasten unseres konditionierten Verstandes zur Seite legen, dann beginnt sich das EGO aufzulösen.

Nicht, dass wir zur „Unperson" werden oder für unser Umfeld nicht mehr erkennbar wären, doch das Diktat und die Herrschaft der Trennungen haben aufgehört. Wir werden immer Zugriff zu Erinnerungen oder zu unserem Gedächtnis haben, es bekommt nur einen anderen Stellenwert, und wir haben auch die Freiheit, aus dem Augenblick heraus neu zu werden. Der Freiheitsgrad unserer Wahl wird immer größer. Wir können uns ständig neu denken, ständig neu erfinden.

Unser Gehirn kann nicht nur Informationen speichern, es ist auch in der Lage, „erfinderisch" zu sein und Neues hervorzubringen. Je mehr unserer Festplatte aber bereits belegt ist mit Erinnerungen, je mehr Regeln, wissenschaftliche Untersuchungen, geographische Daten, Statistiken gespeichert sind, umso mehr laufen wir in unseren alten Programmen immer wieder eine Runde weiter.

Sich von Inhalten (damit Situationen, Personen, Routinen) lösen kann aber vorerst ganz schön Angst machen. Das steigert sich bei manchen Menschen bis zur Panik, denn sie haben große Angst, das zu verlieren, von dem sie denken, dass sie es sind. Wir sind aber nicht unsere Biographie und unsere Eigenschaften.
Wir sind der berühmte dimensionslose Punkt.

Keine Sorge, es wird nichts genommen außer der Vorstellung der Aneignung. Alles ist für alle da und jeder kann zugreifen. Wenn wir den Besitz an uns selbst auflösen, wenn wir aufhören, Gedanken zu besitzen, sie stattdessen spielerisch verwenden, dann sind die Verträge mit der alten Welt gelöst und wir sind frei, zu sein.

Warten

Manchmal erscheint es uns, als würden wir unser ganzes Leben lang warten –
Warten auf Godot
Warten, bis die Schule vorbei ist
Warten, bis die Party beginnt
Warten, bis der Richtige kommt
Warten auf das Visum
Warten auf die Geburt
Warten auf den Tod …

Warten quält, Warten erzeugt Langeweile, Warten macht uns bewusst, dass wir in der Zeit stattfinden. Wenn wir uns nun noch vor Augen halten, dass wir nicht endlos Zeit zur Verfügung haben und diese Zeit mit Warten vergeht, dann kommt schnell Frustration oder Angst auf.

Wann endlich, wann denn nun und … was, wenn nicht,
was, wenn wir endlos warten und nichts geschieht?

Dem Warten entkommen wir auf eine einfache Art und Weise: Statt zu hoffen, dass etwas geschieht, gehen wir davon aus, dass es ganz gewiss geschieht. Sobald Gewissheit gewählt wird und Gewissheit im Innersten gefühlt wird, löst sich die Wartezeit auf – denn wenn wir mit Gewissheit etwas erwarten, können wir die Zeit, die bis zum Eintreffen des gewissen Ereignisses vergeht und die uns nun bleibt und wieder frei zur Verfügung steht, wieder für uns nutzen.

Es ist also vor allem die Ungewissheit, die Warten zur Qual macht. Es gibt auch eine andere Art und Weise, dem Warten zu entkommen; indem wir uns erinnern, dass Zeit nicht „wirklich" ist, sondern eine Vereinbarung, die wir gewählt haben.

Das relativiert unsere Wahrnehmung entscheidend, wir sind ewige Wesen und jetzt, in der Inkarnation auf diesem Planeten, haben wir Zeit und Raum gewählt – als Spielplatz sozusagen. Indem wir uns Zeit nehmen oder Zeit aktiv verwenden, löst sich

Wartezeit auf. Wir können dann Zeit genießen und sind dankbar, dass wir „Zeit haben". Wenn wir selbst über unsere Zeit bestimmen, erleben wir sie anders.

Warten entsteht oft, wenn uns etwas verordnet wird und wir etwas tun müssen, was wir gar nicht wollen. Und die Welt ist voll von verordneten Zeiten, selbst Freizeit wird heute verordnet. Etwas zu erwarten ist etwas anderes als zu warten.

Erwartung kann voll Vorfreude sein, und die Zeit, bis ein Ereignis eintritt, wird dann freudiger, friedvoller „Advent" und Zeit der Stille oder der Vorbereitung. Sobald „Warten" einsetzt, ist es also wichtig, bewusst hinzuschauen und wieder bewusst zu wählen, wie wir Zeit einsetzen wollen.

SPIRIT

Wenn Du Deinen Weg gehst, dann entsteht keine Langeweile, weil alles, was Dir auf dem Weg begegnet, Deine Aufmerksamkeit anziehen kann. Ihr habt dieses schöne Wort: Der Weg ist das Ziel.

Wir würden sagen, der Weg zum Ziel ist genauso interessant wie das Ziel selbst und jedes Ziel ist wieder nur Etappe auf dem Weg. Ehrgeiz, Leistung dürfen gehen, Staunen und kreatives Tun treten an die Stelle. Dankbares Wundern über die Schönheiten, die Dir begegnen und die Gewissheit, dass Du wählst, welchen Weg Du gehen willst.

Warten entsteht, wenn Du Dich in Deinem Fluss behindert fühlst, wenn Du Dich nicht frei fühlst, wenn Du denkst, dass Du auf etwas oder jemanden warten musst, wenn Dir vorgeschrieben wird, wie Du zu gehen hast.

Jeder Zwang, jede Unfreiheit erschafft Stress, Langeweile und Unmut. Wenn Dir vermittelt wird, dass Dein Weg mehr einer „Tour de France" gleicht und dass Du Prüfungen ablegen musst, Leistungen erbringen musst, gewinnen oder verlieren kannst, Limits hast, die Du nicht überschreiten darfst, dann kommst Du unter Druck und das Leben wird Qual oder Anstrengung.

Du musst an diesem Rennen nicht teilnehmen, mach Dir bewusst, dass es nichts zu gewinnen oder zu verlieren gibt. Dass Du „Schrittmacher" Deines Lebens bist und Dein Selbstwert nicht darin liegt, was Du tust.

Erlaube Dir auch immer wieder, „keine Ziele" zu haben, sondern einfach ausgedehnt und entspannt die Leere und Stille zu genießen. Es ist wunderbar, wenn in Deinem Leben einmal gar nichts geschieht, es ist erholsam für die Seele.

Gerade dieses Nichts erlaubt Dir, Altes loszulassen und zuzulassen, dass sich neue Impulse in Deinem Inneren bilden, die zur Erfüllung drängen. Wenn Du keinen Platz im Inneren für Neues hast, kann im Außen auch nichts Neues geschehen. So wie auf einer Reise wirst Du nirgendwo für immer verweilen wollen, es zieht Dich weiter, da ist noch so viel, was Du sehen und erleben willst. Also geh weiter und genieße.

Am Ende Deiner Reise wirst Du wissen, dass Du angekommen bist – und eine neue Ebene Deiner Erfahrungen erreichen willst. Den Ruf kannst Du nicht überhören. Zögere nicht, alle Veränderungen zuzulassen, die sich Dir bewusst machen, der Wandel ist gleichzeitig auch Erneuerung – damit wird Dein Leben spannend und erfüllt bleiben und das Warten ist vorbei.

Wenn Ihr ein Korallenriff beobachtet, Freunde, dann erkennt Ihr, dass die lebende Koralle aus einer Struktur hervorwächst, die ihr Halt gibt. Diese Struktur hat sie selbst gebildet. So sehen wir Vergangenheit im besten Sinn, Vergangenheit half Euch, Aufbauarbeit zu leisten, das, was JETZT ist, ging daraus hervor, und was morgen sein wird, geht aus diesem Heute hervor.

In diesem Sinne würdigt das, was war, aber verwechselt es nicht mit dem, was ist. Dankt für die Aufbauarbeit, doch seid frei, Euch neu hervorzubringen.

SPIRIT

Wer von Euch die Kühnheit und den Mut hat, sein Leben so neu zu denken, wie es bisher unvorstellbar war – wer also über den Geist der Zeit hinauswachsen kann und will –, der ist zu Unglaublichem fähig.

Immer gab es jene Menschen, die Ihr als Genies bezeichnet habt, die, der Zeit weit voraus, Dinge ermöglicht haben, die den meisten Menschen verschlossen blieben. Selten hatten diese Menschen ein angenehmes Leben, denn oft wurden sie von ihren Mitmenschen angegriffen oder verhöhnt.

Doch in dieser Zeit öffnen sich viele Türen und viele, viele Seelen sind zurückgekehrt auf diesen Planeten, um diesmal nicht im Alleingang, sondern in großen Gruppen aufzubrechen, um den Wandel in die Welt zu bringen.

Das Zeitalter der Genies beginnt gerade. In allen Bereichen und auf allen Ebenen Eures Seins beginnen originelle Ideen Fuß zu fassen und das Licht erdet sich über diese wunderbaren Pioniere.

Es ist sehr lohnend, die eigenen Grenzen einer genauen und lustvollen Prüfung zu unterziehen und in ein neues Denken hineinzugleiten, Ihr seid in jedem Fall unterstützt, denn der Himmel liebt die Visionäre der neuen Zeit.

In Quantensprüngen überspringen manche von Euch das Vorgegebene und wagen einen Neubeginn. Parallele Welten und Universen entstehen – einfach weil Ihr sie für möglich haltet.

Immer leichter wird es vielen von Euch fallen, den bunten Reigen mitzutanzen, da einige den Anfang gemacht haben. Alles, was Ihr denken könnt, existiert. So ist das. Es wird sich materialisieren, wenn genügend von Euch ein Feld dafür aufbauen, das zur Verwirklichung drängt.

Da Ihr diesmal nicht alleine durch das Ziel geht, wie wir gerne sagen, ist es wichtig, Eure Gedanken auf das Ganze auszurichten und jene Schöpfungen ins Leben zu rufen, die allen Geschöpfen der Erde dienen. Zu lange hat der Mensch Schöpfungen ins Leben gerufen, die destruktive Wirkung auf diesen Planeten hatten. Das lag an dem Gedanken der Trennung und der Vorstellung, dass um Ansammlung von Macht, Geld, Besitz, Vorherrschaft etc. ging.

Wenn nun alle Pioniere beginnen eine Welt zu denken, die schön und einfach ist, die Platz hat für herrliche Schöpfungen aller Art, die Euch Freude machen, dann geschieht der Wandel.

Es hat auf diesem Planeten Zivilisationen gegeben, die hoch entwickelt waren und dennoch „untergegangen" sind, weil die Idee einer globalen Gemeinschaft noch nicht entwickelt war und weil die Versuchung, Technologien und Ressourcen nur zum eigenen Nutzen zu verwenden, andere ausgeschlossen hat.

Diesmal, Freunde, wird die Welt als Ganzes aufsteigen, und der Gedanke, dass alle Menschen Eure Geschwister sind, ist wesentlich – denn die Evolution der Menschheit verlangt danach. Werden Gruppen ausgegrenzt, werden weitere Grenzen gezogen, wird diese Welt nicht aufsteigen – der Parasit stirbt mit dem Wirt.

Das, was die Welt vernichtet, ist auch das, was vernichtet wird. So ist es. Seid also kühn im Denken, haltet Ereignisse für möglich, die allen Vorteile bringen, haltet es für möglich, dass von Eurem Planeten jede Bürde verschwindet und Schönheit waltet.

Die Vorreiter der Zeit, Freunde, sind selten Eure etablierten Wissenschaftler, nicht Eure Geschichtsschreiber, Beamten und Wirtschaftsmagnaten, es sind die kreativen Denker, die Träumer und Liebenden, die Phantasten und Optimisten, die spielenden Kinder, die die neue Welt erschaffen.

Es sind die Unschuldigen, die Heiteren, die Enthusiasten und die Mutigen im Geiste, die die neue Welt erschaffen – an sie müsst Ihr Euch halten. Jene, die alle im Geiste haben, wenn sie erschaffen, jene, die sich nicht wichtig machen mit ihrem Werk, sondern voll Dankbarkeit und Selbstbewusstheit allen zur Verfügung stellen, was durch sie kommt.

Die Leere ist nicht leer

Das, was wir als Leere wahrnehmen, ist in Wirklichkeit erfüllt von Vibration, von Wellen. Dass wir es als leer wahrnehmen, hat damit zu tun, dass wir es mit unseren normalen Sinnen nicht erfassen können.

Die normalen Sinne sind in der feststofflichen Welt zu Hause, die Gegenstände erscheinen mit unseren Sinnen wahrgenommen fest zu sein und sie behalten ihre Form weiter. Wenn wir aber beginnen, uns auf die Welt einzuschwingen, die sich jenseits unserer normalen Sinne befindet, dann erscheint uns diese Welt fassungslos leer.

Das ist für den emsigen Verstand, der ständig mit neuen Eindrücken beschäftigt werden will, keine angenehme Situation, er greift ins Leere und begreift nicht. Um mit der Leere zu sein, brauchen wir die Fähigkeit, sie „auszuhalten", uns an sie zu gewöhnen.

Langsam gewöhnen wir uns an den Zustand der Leere und beginnen die Lebendigkeit wahrzunehmen, die Erfülltheit, die Fülle, die darin ist. Mit einiger Übung gelingt es nun, leer zu sein und Gedanken zuzulassen (neu zu denken), eigentlich müssten wir sagen, es gelingt uns, die Leere zu beobachten, der Verstand erwacht nun zu neuen Möglichkeiten.

Er ist der alten Welt entkoppelt, und neue Gedankenqualitäten, eine Art geordneten Denkens, erscheinen. Diese Gedanken tauchen nicht aus unserem alten Speicher auf, sondern aus der Tiefe, der Quelle in uns, die schon immer mit der Leere kommuniziert hat, auf eine Weise, die sich der Verstand nicht vorstellen kann.

Diese Kommunikation ist lebendig und wissend, mühelos und augenblicklich. Sie ist selbstverständlich, ganz mühelos und gleichzeitig höchst freudig und spielerisch.

Ein neues Tor öffnet sich, wir bekommen Zugang zu diesem Wissen, das wir als neu und gleichzeitig immer schon da gewesen erleben. Es ist eine Art von

Gleichzeitigkeit, Gedanken entstehen und sind gleichzeitig gedacht und fließen wie in Kaskaden aus dem Innersten empor ins Land der Sinne, wo sie sich erfüllen und in tausenden Formen ergießen. Es fühlt sich an wie ein großes, herrliches Spiel. Eine Intelligenz hat übernommen, die nichts mit Mühe oder mit Anstrengung zu tun hat, sondern die sich lachend und tanzend in Formenkaskaden ausdrückt und wieder in sich selbst fällt.

Die Quelle kehrt wieder in sich zurück, bis sie sich wieder erhebt, wie eine Art von köstlichem Springbrunnen. Damit wir diese Formen genießen und erleben können, verlangsamt sich der Prozess, Zeitlupe wäre eine gute Metapher, dies zu beschreiben.

Um nicht mit den Formen wegzutreiben, sondern bewusst in sich zu ruhen, braucht es wieder die Stille und Leere, das Eintauchen in ein Zentrum, von dem aus alles geschieht. Schwere und Unrast entstehen, wenn wir mit den Formen gehen und uns darin zu lange aufhalten und die Quelle in uns vergessen.

Das nennen wir Identifikation. Wenn wir uns in der Form verfangen und unseren Ursprung vergessen, dann wird das Leben schwer und seltsam sinnlos, egal wie sehr wir versuchen, mit Bedeutung daran festzuhalten.

SPIRIT

Alles um Euch und in Euch beschleunigt sich laufend und dehnt sich aus. In dem gibt es jedoch, menschlich gesprochen, durchaus eine Richtung – es bewegt sich zum Guten, Freudvollen hin, zu einer Frequenz der Aufwärtsspirale, der Wünsche und Wunscherfüllungen, die Euch sehr zufrieden machen wird, denn es ist genau, was Ihr erleben wolltet.

Ihr erhebt Euch über die Polarität, Ihr werdet wacher und wahrnehmender und lernt immer mehr, Eure Erfahrungen im Sinne der Evolution zu steuern.

Dies beinhaltet, dass jene Erfahrungen gewählt werden, die Euch als Menschheit dienen und auch in diesem Sinne neu sind. Bald werdet Ihr die Erde paradiesisch nennen und den tanzenden Planeten. Noch ist einiges zu „tun", denn es gibt noch Widerstände, also Frequenzen, die sich dem Wandel widersetzen. Da es um eine globale Veränderung geht, werden diese Energien nach und nach mit angehoben, bis auch sie im Licht sind und Leichtigkeit und Freude herrschen.

Entgegen den Untergangsszenarien, die manche Menschen fürchten, sind wir sehr gewiss, dass der Wandel sich gut vollziehen wird. Es sind viele hilfreiche Energien am Werke, die dort harmonisieren, ausgleichen und heilen, wo die Situation es erfordert.

Wäre das nicht so, so würde Euer Planet „auseinanderbrechen", und das liegt nicht in unserer/Eurer Absicht. So wie sich niemand seiner Geburt widersetzen konnte, so kann sich niemand dem Wandel in dieser Zeit widersetzen.

Der freie Wille, der dem Menschen immer ermöglicht zu wählen, wird ein freier Wille des Kollektivs, das sich wünscht, dass der neue Mensch geboren werden kann, der Mensch, der sich seiner göttlichen Natur bewusst ist und schöpferisch, dankbar, voll Freude seine Erdenzeit genießt.

Dieser Planet ist wunderschön und die Menschen sind gesegnet. Sobald das erkannt ist, werden die Menschen ihre Heimat hüten wie ihren Augapfel und gemeinsam dafür sorgen, dass das Paradies erhalten bleibt.

So wie manche von Euch sich nach einem Urlaub unter Palmen sehnen, so sind sich viele Wesen im Kosmos bewusst, wie herrlich es ist, auf die Erde kommen zu dürfen und hier eine Zeitlang zu verweilen.

Spaltung, Trennung, Mangel an Intelligenz und purer Materialismus (die Idee, dass der Mensch nur Materie ist) haben Euch in die Irre geführt und Euch zu Handlungen motiviert, deren Konsequenzen Ihr nun erkennt.

Es ist nicht schwer, die Einheit wiederherzustellen, sobald Ihr erkannt habt, wer Ihr wirklich seid. Es ist nicht nur leicht, sondern glückvoll und wundervoll.

Ich bin frei

Für die meisten Menschen ist der Weg in die Freiheit ein langer Weg.
Freiheit bedeutet Freiheit von negativen Gedanken,
Freiheit von Angst,
Freiheit von der Vorstellung, wer wir sein sollen,
Freiheit von Anpassung und Anhaftung.

Wir gehen diesen Weg, um jederzeit neu wählen zu können, das zu sein, was wir sein wollen, um frei zu sein für Freude, Frieden und dafür, unser Potenzial voll zu leben und zu verwirklichen, um bedingungslos zu lieben. Natürlich kommt aus der Freiheit ein neuer Mensch.

Ein angstloser Mensch wird keine Verteidigungsstrategien mehr brauchen, er wird sich selbst lieben und dankbar sein für seine Existenz, er wird das Leben als tägliches Abenteuer betrachten und genießen. Er wird lustvoll neu denken und all jene Gedanken denken, die aufregend, spannend, freudvoll, harmonisch, selig, entspannend etc. … sind.

Er lebt von Augenblick zu Augenblick, denn es ist der Augenblick, den er erfährt. Er erlebt das Leben als lustvolle Reise voll Staunen und Wunder. Da Menschen sehr verschieden sind, sind auch freie Menschen voneinander zu unterscheiden, denn sie genießen ihre Freiheit, so wie es ihnen entspricht. Das Buffet ist reich gedeckt und es ist alles für alle da. So bietet sich das Universum uns dar. Vorerst macht Freiheit vielen Menschen Angst, denn der Weg führt durch manche Verlustzone. Denn wir verlieren die Zugehörigkeit zu Gruppen und Menschen, die uns wichtig waren.

Wir verlieren die Zugehörigkeit zu Berufen und Berufsbildern. Wir verlassen Zusammenhänge und werden verlassen von allen, die unsere Absichten für zu gewagt halten und der Meinung sind, wir müssten im Rahmen bleiben. Kopfschüttelnd gehen jene, die uns für verrückt oder schwierig halten. Wie die Liebe ist die Freiheit bedingungslos. Niemand wird zur Freiheit gezwungen, der Weg beginnt, wenn der innere Wunsch danach da ist, oder aber Freiheit stellt sich ein, wenn wir den

Herzenswünschen folgen. Wie alle Flüsse ins Meer fließen, so münden wir auch in der Freiheit und Bedingungslosigkeit. Manchmal haben wir uns gefragt, ob es all das wert war – all die Verlustschmerzen, die Zweifel, das Alleinsein … ob es nicht besser gewesen wäre, bei dem zu bleiben, was wir hatten, was wir waren. Doch wir können nicht nicht wissen, was wir wissen.

Wir wissen, was es bedeutet, unfrei zu sein. Wir wissen, was es bedeutet, sich anzupassen, und welchen Preis wir dafür zahlen. Und wir sind Ausdruck der Evolution, wir entfalten uns immer weiter, und es gab zu jeder Zeit jene, die vorangingen. Wenn wir lernen, die Schwierigkeiten auf dem Weg weniger persönlich zu nehmen und uns nicht zu beschuldigen, wir wären Abtrünnige, dann erkennen wir, dass wir nur die Vorhut sind und dass sich die ganze Menschheit befreien muss und wird. Wir nennen dieses Zeitalter das Zeitalter des Wassermanns.

Das Zeitalter der Fische, gekennzeichnet durch die Sippe, die Gruppe, die das Überleben sicherte, weicht der Geburt des freien, individuellen Menschen, der sein Geburtsrecht leben will, kreativ und unabhängig zu sein. Gleichzeitig ist es die tiefe Verbundenheit aller freien Menschen, die eine Welt denkt, in der sich alle frei bewegen können und keiner mehr „muss". Wir reden hier also nicht von Neoliberalismus und allen möglichen Formen von Egoismus, sondern von wahrer Freiheit, die immer den anderen mitdenkt.

Wir haben jede Möglichkeit zu prüfen, ob wir den anderen so frei sein lassen können, wie wir es sein wollen. Wahre Freiheit versklavt nicht. Sie ist wie ein Vogel, der weiß, dass Fliegen seine wahre Natur ist. Wahre Freiheit hat kein Problem, Fortschritt zu erkennen. Die Freiheit, die wir haben, ist die Freiheit, unser Menschsein vollkommen zu leben.

Es gibt also keine Freiheit, wenn wir uns mit unserem Menschsein nicht versöhnt haben und zustimmen, diese menschliche Reise zu tun. Darüber hinaus gibt es nur noch die Freiheit, in andere Reiche weiterzugehen und der Evolution der Seele gemäß die irdische Ebene zu verlassen, wenn alles erfahren ist, was wir im Menschsein erfahren wollten.

SPIRIT

Es gibt so viele Freiheiten, die Ihr erfahren könnt, die Freiheit, nichts wissen zu müssen, die Freiheit, Euch von allem gelöst zu haben und den Augenblick zu leben, die Freiheit, auszusteigen aus dem „Rad des Karma", aus der Ursache–Wirkung.

Ihr habt die Freiheit, zu wählen und das anzuziehen, was Ihr zu erfahren wünscht. Ihr habt die Freiheit, die zu sein, die Ihr seid. Ihr habt selbst die Freiheit, zu sterben.

Es gibt jedoch keine Freiheit, stillzustehen, es gibt keine Freiheit vom Wandel, es gibt keine Freiheit zu bleiben, was Ihr seid. Ihr seid jederzeit im Wandel und im Weiterfließen. Die menschliche Form beinhaltet keine Ewigkeit, sie ist dem Wandel unterworfen, und das ist gut so.

Keine Seele hätte Lust, der Unveränderbarkeit unterworfen zu sein, es wäre das Ende von Entwicklung, und es ist das Wesen des Universums, sich immer weiter zu entfalten. Um Freiheit zu erlangen, braucht es Be-Freiung, und das ist es, was die Menschheit derzeit durchläuft, Befreiung von all dem, was nicht mehr dient.

Wie die Schlange, deren Haut zu eng geworden ist, werfen die Erde und ihre Menschen nun alte Häute und Schichten ab und schälen sich aus dem Alten ins Neue. Das Bild des Phönix aus der Asche ist eines der vielen Bilder, die Wandel aufzeigen.

Wir bringen Euch auch das Bild des göttlichen Lichtes in Euch, das sich aus den Krusten des Kollektivs befreit. Wir danken allen, die auf dem Weg sind.

Die größte Liebesgeschichte Deines Lebens ist die Liebe mit und zu Dir selbst

Vom Morgen bis zum Abend bist Du mit Dir, Du stehst mir Dir auf, Du gehst mit Dir schlafen. Du erfährst Deine Rollen, Deine Dramen, deine schönen Erfahrungen. Du bist Deine eigene Schöpfung und lebst in dieser Haut. Bist Du unglücklich und depressiv, leidend und sorgenvoll, so erlebst Du genau diese Welt.

Sobald Du erkannt hast, dass Du wandeln kannst, was Du erleben willst, sobald Du also beginnst, Dich selbst zu lieben, macht es großes Vergnügen, Dich zu wandeln und zu verändern, in einer Art, die Dich mit Dir glücklich sein lässt.

Das große AHA beginnt – wie willst Du mit Dir sein? Was willst Du verkörpern, wie willst Du Deine Geschichte mit Dir träumen und realisieren?

Du weißt nun, dass alles von Dir ausgeht und dass Du dafür verantwortlich bist, wie Dein Leben läuft. Du beginnst zu verstehen, dass sich Dein Leben um gute (und schlechte) Gefühle dreht. Denn egal, selbst wenn Du schön und reich und erfolgreich bist, bedeutet es noch nicht, dass Du Dich wirklich gut leiden kannst und wohl fühlst. Du könntest in ständiger Sorge leben, zu verlieren, was Du hast, und Dich strenger Disziplin unterwerfen.

Was also macht Dich gutfühlen?
Wie und wann fühlst Du Dich wohl?
Wie willst Du das Fest Deines Lebens mit Dir feiern?
Wie liebst Du Dich? Was tust Du für Dich? Wie geht es Dir mit Dir?

Dazu sind die Fragen, was Dir wichtig ist und was für Dich zählt und was Du willst, von entscheidender Bedeutung. Gibst Du Dich mit etwas zufrieden, was Dir keine Freude macht? Machst Du Dienst nach Vorschrift, bist Du in Lebenszusammenhängen, die Frust und Ärger bringen? Bist Du krank und unglücklich? Fühlst Du Dich hässlich und allein, müde und traurig? Ist Dein Leben ein Kampf? Was immer es ist – JETZT kannst Du es ändern: einfach indem Du erkennst, dass Du es bist, der es ändern kann, indem Du erkennst, dass Du in der Lage bist, eine Liebesgeschichte mit Dir zu beginnen, die dauert, bis der Tod Dich scheidet ...

Du beginnst einen Tanz des Lebens mit Dir selbst, Du fängst an, mit Dir intim zu werden, Dir zu verzeihen, Dich zu beschenken und Dir Gutes zu tun, Dich wahrzunehmen und den Himmel auf Erden für Dich zu wollen. In all dem ist Dir stets bewusst, dass Deine Inkarnation Schöpfung ist und dass DU SELBST darüber hinausgehst und Dich immer weiter entfaltest.

Du beginnst allen Menschen zu wünschen, dass sie in diese Liebe zu sich selbst eintreten und sie verwirklichen. Du ziehst ganz von selbst jene Menschen und Gemeinschaften an, die ähnlich wie Du leben wollen und die mit Dir teilen wollen.

Das Fest beginnt. Die große Freude, Du selbst zu sein und mit anderen, die sich lieben, das Leben zu genießen, ist wundervoll. Du hast Gespielen auf dem Weg und weißt gleichzeitig, dass immer Du es bist, der für sich verantwortlich ist. Du erwartest nicht vom anderen, dass er tut, was Du brauchst, und weißt gleichzeitig, dass das Leben Dir jederzeit schenkt, was Du erfahren willst.

Es ist der wichtigste Schritt in der Evolution der Menschen, dass sie beginnen, sich SELBST zu lieben, denn die Welt, die aus der Selbstliebe entsteht, wird frei von Not, Elend, Krankheit, Zurückweisung, Einsamkeit etc.

Dieses Wissen macht uns auch klar, warum jemand, der Krieg führt und Menschen opfert, niemals jemand sein kann, der sich selbst liebt. Es macht bewusst, dass jede Handlung gegen andere immer im Selbsthass enden wird. Kein Mensch wird sich auf Dauer diesem Wissen entziehen.

Wer gegen andere dunkle Pläne hegt, wer Macht missbraucht, ist immer Opfer dieser Energien, sosehr er sich auch als Täter sehen mag. Dies zu erkennen und sich der Liebe zu sich selbst und allen Wesen zuzuwenden ist der Beginn einer neuen Welt.

SPIRIT

Du selbst sein ist einfach wunderbar. Da Du ein freies Wesen bist und diese Erkenntnis sich auf der Welt durchzusetzen beginnt, hast Du die Möglichkeit, Dich in jedem Augenblick so zu erschaffen, wie Du Dich erfahren willst. Liebe und Freiheit sind eines.

Tauch ein in die Stille in Dir und lass auftauchen, was Dir jetzt Freude macht, tauch ein in die Freude, die Du bist, und beobachte, wie sich von selbst die Impulse zeigen, die Lebensfreude in die Wirklichkeit Deines Menschseins bringen. Eine Welt der Wunder offenbart sich Dir und all jenen, die sich dafür öffnen.

2012 und das Ende der Welt

Über dieses Datum wird viel gesprochen und allerlei apokalyptische Vorstellungen herrschen darüber. Es ist aber einfach ein Datum, das uns aufzeigen kann, dass der Wandel nachhaltig und für alle geschieht.

So natürlich, wie wir uns neue Schuhe kaufen, wenn die Füße größer geworden sind, so natürlich vollzieht sich in diesen Zeiten nicht nur eine Globalisierung auf politischem, ökonomischem Gebiet, sondern auch in unserem Bewusstsein.

Wir erkennen, dass wir alle zusammenhängen. Wir erkennen, dass bereits einige wenige von uns genug Power hätten, um die Welt zu zerstören. Wir wissen aber auch, dass bereits einige wenige von uns genügen, um den Unterschied zu machen und die Kraft, eine neue Welt hervorzubringen.

Jeder hat seinen Platz in diesem Wandel. Es gibt wunderbare Menschen, die erneuerbare Energien finden, Menschen, die aufklären und neues Bewusstsein ausdrücken, Menschen, die heilen und motivieren, Menschen, die zusammenfassen und integrieren.

Wie auf einem großen Schiff braucht es nicht nur den Steuermann, sondern auch die Matrosen, den Maschinisten, die Stewards, den Koch, den Schiffsarzt, die Band ...

Wenn wir alle unseren Begabungen gemäß zusammenarbeiten, dann wird es uns gelingen, diese neue Welt zu feiern. Bewunderung und Dankbarkeit gebührt jenen, die die Vorreiter der neuen Entwicklung sind und sich dafür eingesetzt haben.

Dankbarkeit gebührt all jenen aufrechten Menschen, die im Stillen die Welt umarmt haben und durch ihr Tun und ihre geistige Einstellung so vielen geholfen haben, ohne dass diese es wussten.

Die Welt beginnt eins zu werden, trotz aller Katastrophen und wilden Kämpfe. In allen Menschen gibt es ein Wissen darüber, dass sie glücklich und ihren Begabungen und

Wünschen gemäß leben wollen, und dieses Wissen wird sich durchsetzen. Wie es in der Biologie eine Selektion gab und gibt, so gibt es auch eine Selektion im Bewusstsein: Jenes Wissen wird sich durchsetzen, das die Menschen als globale Gemeinschaft eint und allen dient.

All jene werden an die führenden Stellen treten, die die Größe haben, zu verbinden statt zu spalten. In den letzten Jahrzehnten sind viele Brücken gebaut worden, die „neue" Generation wird sie nicht mehr brauchen, weil sie bereits das neue Ufer erreicht hat und niemand mehr den Wunsch haben wird, zurückzukehren. 2012 ist ein Symbol für die Wende zu einem Leben in Harmonie und Frieden und ein Symbol für die Geburt eines neuen Menschen, der diese Qualitäten in sich vereint und lebt.

SPIRIT

Der Wandel und die Wende, wenn Ihr so wollt, finden vorerst im Unsichtbaren statt, im Herzen aller Menschen, in der Erkenntnis, dass neue Formen des Zusammenlebens gebraucht werden, dass Friede nicht durch gewonnene Kriege entsteht, dass Friede aber auch nicht die Demutshaltung von Opfern ihren Tätern gegenüber bedeutet, dass Demokratie nicht der Abtausch von Meinungen ist.

Weisheit und Liebe sind die wahren Hilfen und sie müssen jedem Menschen bewusst werden, damit der Wandel vollkommen geschehen kann. Die Welt ändert sich nicht von außen nach innen, sie ändert sich von innen nach außen.

Erinnert Euch an das Beispiel der Berliner Mauer: Dieses seltsame und höchst unbrauchbare Werk – ein Hohnbild der Trennung – fiel in einer einzigen Stunde. So werden viele innere Mauern fallen, wenn die Menschen sich erinnern, wer sie wirklich sind, Träger einer universellen Entfaltung, Reisende in Zeit und Raum.

In unserer Sicht von 2012 geschieht nur eines: Immer mehr Herzen erwachen zur Liebe und zur Freude, dies ist eine hohe Schwingungsfrequenz, die beispiellos in der Geschichte der Menschheit ist und der Übergang in ein neues Leben auf der Erde.

Rückschau

Wünschen und Wollen standen am Anfang unserer Entwicklung zum Neuen. Hört sich leicht an, war es aber nicht. Es ist erstaunlich, wie wenige Menschen wissen, was sie wirklich wollen. Viele Wünsche sind fremdbestimmt und haben nichts mit dem inneren Wollen zu tun.

Wir lernten nicht nur zu wünschen, sondern aufzuhören, gegen etwas zu sein, weil damit das, wogegen wir waren, nur noch mehr Energie bekam.

Wir lernten aufzuhören zu kämpfen und dem, was wir nicht wollten, keine große Bedeutung mehr zu geben.

Wir lernten zu bitten und zu danken und gewannen die Erkenntnis, dass Dankbarkeit ein Synonym für Demut ist.

Wir lernten ziehen zu lassen und zu verzeihen und dass die Vergangenheit etwas ist, was vorbei ist und nur dann Einfluss auf unsere Gegenwart hat, wenn wir sie „mitschleppen".

Wir lernten aber auch, dass alles, was wir erlebt haben, uns als Kraft zur Verfügung steht. Wir lernten die hartnäckigen Gedankensätze/beliefs zu orten, die in uns eingegraben waren wie der Colorado in den Grand Canyon.

Wir lernten sie loszulassen und zu verändern, wir lernten unsere Gedanken willentlich zu steuern und wir lernten unsere Gefühle bewusst und willentlich zu kultivieren und zu schulen.

Wir lernten uns und andere zu schätzen und zu erkennen, dass SELBSTWERT ein Wert ist, der von nichts abhängt, weil er einfach IST.

Wir lernten unsere negativen Gefühle nicht mehr zu bewerten, sondern sie mit der Kraft der Liebe zu wandeln.

Wir lernten, dass wir nicht mehr auf die Welt reagieren mussten und unsere eigene, innere Wirklichkeit hervorbringen konnten, wir lernten, dass wir schöpferische, kraftvolle, wirksame Wesen sind und sein können.

Wir lernten, dass Materialisation die natürliche Formgebung dessen ist, was wir wünschten, wollten und bereit waren, zu denken und zu fühlen.

Und wir lernten auch, dass wir mit allem verbunden sind und dass unser Denken, unser Tun in jedem Fall Auswirkungen auf das Ganze hat, dass wir eine Verantwortlichkeit dafür in uns tragen, in welcher Welt wir mit unseren Mitmenschen leben wollen.

Wir lernten, dass es ganz einfach ist – und keineswegs immer leicht.

Wir lernten, dass wir spirituelle Disziplin genauso brauchen wie die Erkenntnis.

Wir lernten, dass steter Tropfen den Stein höhlt und es manchmal Riesensprünge braucht, um die alten Gräben hinter uns zu lassen.

Wir lernten, dass es die Liebe zu uns selbst ist und damit zu allen Wesen, die eine neue Welt hervorbringt.

SPIRIT

Geliebte Seelen, Auferstehende im Licht. So viele von Euch haben mitgewirkt, dass sich die Wunder auf dieser Erde etablieren werden und dass Eure Kinder und Kindeskinder als selbstverständlich erachten werden, wofür Ihr so viel eingesetzt habt, oft unter Schmerzen und Zweifeln. Ihr hattet wenige, die Euch vorausgegangen sind, Ihr habt das Land neu entdeckt, das Ihr Euren Himmel auf Erden nennen werdet. Die Hilfe aus den geistigen Welten ist zu einem Zeitpunkt aufgetaucht, wo die weltlichen Hilfen nicht ausreichten, um einen Weg ins Neue zu finden, und viele haben die Fähigkeit entwickelt, diese Hilfen zu vermitteln, und noch mehr haben den Mut gehabt, diesen Botschaften zu folgen. Sie waren bereit, die innere Gewissheit zu entwickeln, dass sie sind, was noch nicht sichtbar ist und sich auf diesem Planeten erst zu formen beginnt. Sie waren bereit, sich auf den Weg zu machen und sich das Wissen anzueignen, das Ihr braucht, um die neue Erde hervorzubringen. Ihr kennt nun die Gesetze der Materialisation, doch viel mehr noch, Ihr habt die Gewissheit, dass Ihr nicht vergänglicher Staub seid, sondern Schöpfer Eures Lebens. Teilt dieses Wissen mit allen, die bereit sind, und die Welt wird sich wandeln in dieses Paradies, in dem alle Platz haben.

Fühlt, Freunde, wie es sich anfühlt, wenn keine Vergangenheit mehr ihre Schatten auf die Zukunft wirft, weil ich Euch davon befreit habt, dankbar wertschätzend für das, was Ihr darüber geworden seid. Nun erlaubt Ihr Euch zu wissen, dass Ihr zeitlose Wesen seid, die in der Zeit stattfinden, doch durch sie nicht gebunden sind. Frei sein ist wichtig. Die Zukunft kreiert sich aus dem, was Ihr heute zu fühlen und zu denken bereit seid.

Die Zukunft kreiert sich aus Eurer Dankbarkeit. Fühlt, wie es sich anfühlt, in einer Welt zu leben, die aus Dankbarkeit erschaffen wurde. Fühlt die Freude, die es bedeutet, frei zu sein. Fühlt die tiefe Liebe, die Erfrischung, die es bedeutet, ins ALL-DAS und NICHTS einzutauchen, das, was Ihr erfahren habt, nicht in Identität zu binden, sondern es genossen zu haben, wie ein gutes Gericht, das Euch nährt und dem Ihr nicht nachhängt.

Alles ist gut, wie es ist, und Ihr seid frei für Euren nächsten großartigen Augenblick. Gibt es noch mehr Liebe, noch mehr Schönheit, noch mehr Kraft, noch mehr …?
Ja, aus der menschlichen Perspektive gesehen gibt es immer noch mehr. Und es ist keineswegs unbescheiden, dieses „Mehr" anzustreben. Es zeugt von Dankbarkeit und Intelligenz, immer mehr zu wollen. Doch nicht, wie Ihr es als Menschen oft missgedeutet habt, noch mehr Geld, noch mehr Macht, noch mehr Land, noch mehr Materie …

Noch mehr gelebte Freude, noch mehr Ausdruck von Liebe und Schönheit in Euren Begegnungen, noch mehr Staunen, noch mehr Wunder. Noch mehr wunderbare Erfahrungen, noch mehr Heilungen, noch mehr… Es ist die Qualität, die Ihr anstreben sollt. Ein Mehr an Materie wird Euch nie so froh machen wie ein Mehr an herrlichen Gefühlen. Diese ergießen sich von selbst in Form und Eure Freude am kreativen Sein ist grenzenlos. Was geschieht mit all den Menschen, die leiden, die ein schweres Leben haben? Das sind immer noch bedeutend mehr Menschen als jene, die in Frieden leben und die alles haben, was sie brauchen und oft darüber hinaus. Ihr betrachtet das Leben der anderen aus Eurer Perspektive und vergesst dabei, dass jede Seele ihre Erfahrungen wählt. Doch selbst, wenn Ihr Euch daran erinnert, dass es so ist, fragt Ihr Euch, warum eine Seele wählen sollte, eine Erfahrung als Straßenkind in Bogotá zu machen, und seht dabei nicht, dass auch ein Straßenkind von Bogotá sich die Frage stellen mag, warum Menschen einen 16- Stunden-Arbeitstag wählen und unglücklich darüber sind, wenn der Wert der Aktien fällt.

Ihr lebt, was Ihr gewählt habt, und dient damit Euch und dem Ganzen. Denn Ihr gewinnt Erkenntnisse, nach denen Ihr handeln könnt. Wenn Euch das Schicksal der Straßenkinder von Bogotá ein Anliegen ist, so werdet Ihr daran mitwirken, einen Unterschied zu machen. Ihr werdet Umstände kreieren, die diesen Kindern ermöglichen, sich Eurer Ressourcen zu bedienen, Ihr werdet dazu beitragen, dass Bildung und Sicherheit in ihr Leben kommen – und natürlich müsst Ihr wissen, dass das nur geschehen kann, wenn auch sie/ihre Seelen diese Erfahrung wählen.

Denn unter Umständen, die Euch nicht zugänglich sind, erfährt eine Seele mehr über ein Leben, das schwierig ist, als über ein Leben, das einfach ist. Nur wenn Ihr die Perspektive verfolgt, dass Materie alles ist und es nur dieses eine Leben gibt, wenn Ihr nicht wisst, dass es eine Evolution der Seele gibt und dass Ihr Euch immer weiterentwickelt, könntet Ihr diese Wesen bedauern.

Vieles ist auch für Euch inszeniert, damit Ihr erkennt, wie Ihr Euren Geschwistern in der Welt dienen dürft, damit Ihr erkennt, dass Ihr eine globale Gemeinschaft seid, damit Euch Euer Wunsch bewusst wird, dass es allen gut geht. Vieles wird Euch so aufgezeigt, damit Ihr spürt, dass Ihr Euch unglücklich fühlt, wenn Ihr jene seht, die leiden. Statt mitzuleiden wird Euch bewusst, wie Ihr dazu beitragen könnt, eine Welt zu gestalten, die neue Möglichkeiten für alle Wesen schafft. Jeder von Euch kann dies auf seine Weise tun, doch die effektivste Methode ist, EUCH ZU WANDELN. Denn wer friedvoll, frei und freudig ist, wird von selbst dazu beitragen, dass die Welt sich erneuert. Wenn sich in diesem Augenblick alle Menschen auf diesem Planeten das bewusst machen würden, wäre die Welt morgen anders. Diese Qualitäten werden Euch dazu motivieren, Euren Beitrag gemäß Euren Begabungen und Eurer Wahl zu leisten. Was Ihr seht und erkennt, liegt in Eurer Verantwortung.

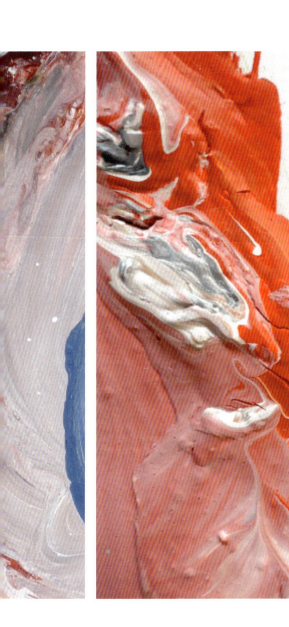

Freier Wille und göttlicher Plan – oder: Deine Rolle in der Evolution

Wer sich auf den Weg zu sich SELBST begibt, wird unweigerlich früher oder später mit der Frage nach dem „freien Willen" befasst sein. Es gibt viele Traditionen, die davon ausgehen, dass der freie Wille Illusion ist.

Sei es, dass aus einem biologischen Verständnis davon ausgegangen wird, dass unser genetisches Material und unsere Prädispositionen unser Verhalten und unser Schicksal steuern oder aus philosophischer und politischer Perspektive der freie Wille nicht haltbar erscheint, weil ein Weltengefüge von Macht uns steuert.

Und es gibt natürlich mehr als genug Beweise für diese Position. Dennoch kann sie sich nur auf das beziehen, was derzeit wahrgenommen werden kann. Aus spiritueller Sicht ist der freie Wille sehr wichtig, weil wir uns daran erinnern, dass wir die Wahl haben.

Viele Menschen diskutieren auch die Frage, ob nun der göttliche Wille – einem göttlichen Plan folgend – wesentlich ist oder ob unser eigener Wille es ist, den wir einsetzen und einsetzen können. Aus der Sicht von Spirit löst sich dieses Problem ganz leicht, denn im Geistigen können wir davon ausgehen, dass der göttliche Wille und der freie Wille des Menschen keineswegs getrennt sind.

Wir können die Sicht einnehmen, dass es der freie Wille des Menschen ist, durch den er den göttlichen Willen in sich erfährt. Gehen wir davon aus, dass das Universum ständig expandiert und dass das Universum „gut" ist, also zu Schönheit, Freude, Frieden und Freiheit tendiert, dann „muss" Gottes Wille ein Wille sein, der dem Menschen dient und das Leben des Menschen ständig verbessert.

Wenn wir statt des Worts „Gott" das Wort Evolution einsetzen, dann wird dies noch leichter ersichtlich. Die Entwicklung, die wir vom Höhlenmenschen bin zum modernen Menschen genommen haben, ist eine sich ständig beschleunigende Entwicklung mit einer Tendenz zur mehr Kooperation, mehr Verantwortung, mehr Wohlbefinden etc.

Wenn diese Entwicklung auch nicht immer friktionsfrei funktioniert und es Rückschläge gibt bzw. ein unterschiedliches Entwicklungsniveau in verschiedenen Bereichen unseres Lebens, so würde doch kaum einer von uns wieder gerne in die Höhle zurückkehren.

Wenn es uns gelingt, auf unser Herz zu hören, dann wird es nicht schwer, den göttlichen Willen als menschlichen Willen auszudrücken. Alles, was uns wohltut, alles, was dem Ganzen dient, alles, was Leiden beendet, alles, was Freude schafft, ist Ausdruck des göttlichen Willens und jederzeit auch unseres freien Willens.

Es wird auch kein Mensch zurückgehalten, seinen Willen so auszudrücken, dass er negative Wirkungen in der Welt erschafft. Da keine Idee jenen verlässt, von dem sie ausging, ist jeder früher oder später mit den Konsequenzen und Wirkungen seiner Haltungen und Handlungen konfrontiert und lernt damit zu erkennen, dass seine Gedanken Wirklichkeiten erschaffen, die nicht angenehm sind.

Als denkendes Wesen kann der Mensch erkennen, welche Wirklichkeiten er sich erschaffen will, und genau das wird ihm ermöglichen, aus freiem Wollen das zu wählen, was ihm dient.

SPIRIT

Der Wille ist immer frei, das liegt daran, liebe Freunde, dass Ihr jederzeit in der Lage seid, frei zu denken. Niemand kann Euch einen Gedanken verbieten oder ihn aus Euch herausschneiden, ihn Euch wegnehmen etc. …

Der freie Wille bedeutet also freie Wahl Eurer Gedanken. Ihr mögt Euren Willen als eingeschränkt empfinden durch sogenannte Ereignisse im Außen – die nichts anderes sind als das Resultat alter Gedanken, die Ihr und Eure Mitmenschen gedacht haben.

Über negative Ereignisse habt Ihr gelernt, Euren Willen zu schulen und ihn bewusst einzusetzen. Der freie Wille des Menschen liegt also in der freien Wahl seiner Gedanken.

Gleichzeitig ist der freie Wille ein Ausdruck der Evolution und hat sich über lange Zeiträume entwickelt. Die freie Wahl der Gedanken hängt damit zusammen, dass der Mensch gelernt hat, zu denken und die Auswirkungen seiner Gedanken zu erfahren.

Je bewusster es dem Menschen geworden ist, dass seine Gedanken jeweils Gutes oder weniger Gutes hervorbringen – also in jedem Fall Konsequenzen haben –, umso mehr kann er Verantwortung für seine Gedanken übernehmen.

Wir könnten also sagen, dass es im göttlichen Plan war, dass der Mensch denken lernte und die freie Wahl entwickelte. Die Schöpfung ist in ständiger Ausdehnung, sie steht nie still und sie bleibt nie bei einem bestimmten Ereignis stehen.

Alles fließt und entfaltet sich, wandelt sich, entfaltet sich, wandelt sich, will weiter zu neuen köstlichen Erfahrungen. In einer Raum-Zeit-Dimension braucht es Gedanken und Gefühle als Werkzeuge im schöpferischen Prozess.

Genau dort aber setzt der freie Wille des Menschen ein, sich über sein Wollen jene Erfahrungen zu schaffen, die zur weiteren Ausdehnung seiner Welt beitragen.

Wer fühlen will, wie der göttliche und der freie Wille eins sind, kann dies am besten erfahren, indem er in sein Herz sinkt und sein Wollen im Herzen spürt.

Untrüglich zeigt sich hier, welche Wahl die im Augenblick beste ist.
Wenn Ihr etwas wollt, was gegen Euch ist, so bekommt Ihr ein unangenehmes Gefühl und erkennt im Augenblick, dass es das nicht sein kann, was Ihr wirklich wollt.

A und B ist dreiunddreißig
Der Mittelwert des Glücks ist fleißig
Licht und Schatten ist die Welt
Liebe ist was sie erhä(el)lt

Greta

Leitfaden für ein glückliches Leben für Anfänger und Fortschreitende

Anfänger und Fortschreitende unterscheiden sich nur in einem: Fortschreitende haben schon länger geübt.

Anfänger:

Du bist unendlich geliebt, selbst wenn das in Deinen Ohren wie Hohn klingen mag, wenn es Dir gerade schlecht geht – es ist tatsächlich so. Dein Selbst kann gar nicht anders als Dich lieben, es weiß nichts anderes. Es gibt wohl Selbsthass, doch nie ein Selbst, das Dich hasst.

Stell Dir dieses Selbst als Instanz vor, die Dich immer liebt, immer an Deiner Seite ist, Dich nie verlässt, auch nicht in der schlimmsten Situation, es hält immer zu Dir, es hilft Dir immer, Du musst es nur darum bitten. Es ist weit intelligenter, als Dein Verstand je sein könnte, und es hat Überblick über Dein ganzes Leben. Es reagiert immer und umgehend auf Dich, doch es darf sich nicht einmischen, das heißt, Du musst es ansprechen.

Wenn Du Dich gerade von Gott verlassen fühlst oder Gott für eine Gutenachtgeschichte für kleine Kinder hältst, dann wird Dir das vielleicht schwerfallen, doch Du kannst es einfach auszuprobieren, es kann ja nichts schaden, schlimmer kann es ja nicht werden.

Es ist Dein Verstand, der Dich von dem getrennt hält, was für Dich da ist, aber der Verstand fädelt das oft so klug ein, dass Du das nicht bemerkst. Egal wo Du gerade bist, egal wie es Dir gerade geht, jetzt ist der Anfang Deines neuen Lebens.

Erinnere Dich, kein Brei wird so heiß gegessen, wie er gekocht wird – niemand ist so blöd, sich die Zunge zu verbrennen, wenn er gerade den Topf vom Herd genommen hat – auch DU nicht, egal, wie Du von Dir denkst.

Mach Dir bewusst, Du hast eine ganze Menge Hilfen an Deiner Seite, die meisten davon unsichtbar, einige davon sichtbar, und Du hast jederzeit Zugang zu diesen Hilfen, indem Du bittest, dankst, fragst, wünschst und willst.

Diese Hilfen eröffnen sich Dir jederzeit, Du musst nur ein paar Minuten still werden und zulassen, dass die Antwort in Dir spürbar, sichtbar, hörbar wird. Auch wenn Du im Moment keine Antwort, keine spezielle Regung fühlst, der Himmel ist so intelligent, der macht das schon.

Du wirst die Ergebnisse wahrnehmen. Am Anfang musst Du ein wenig üben, doch sehr bald wirst Du spüren, dass tatsächlich alle Antworten in Dir sind. Mach Dich selbst nicht fertig, es ist schon schlimm genug.

Kritisiere Dich nicht noch zusätzlich und sprich kein Urteil über Dich. Scham- und Schuldgefühle sind nicht dazu da, dass Du sie in Deinem Leben vermehrst, sondern dass Du Dich davon befreist. Was immer Du gerade nach Deinen Vorstellungen falsch gemacht hast, vergib Dir umgehend. Sag Dir, „die Welt geht nicht unter, ich sterbe nicht daran, es ist nicht so schlimm" oder sonst etwas, was Dir einfällt und was Du zu jemand anderem sagen würdest, den Du aufrichten willst.

Lächle jeden Tag mindestens drei Mal eine Minute lang, auch wenn es Dir schwerfällt: Mach es einfach. Am besten, Du tust es vor dem Spiegel. Mit der Zeit kannst Du Dir vornehmen, dass Du, wenn Du einkaufen gehst, alle Menschen anlächelst, die Dir begegnen.

Wenn Du weißt, was Du nicht willst – und das weiß jeder, denn es ist einfach zu spüren –, dann kannst Du auch wissen, was Du willst, indem Du einen neuen Satz formulierst, der ausdrückt, was Du willst. Z. B.: Ich will mich nicht schlecht und unglücklich fühlen – also will ich mich gut und glücklich fühlen.

Je mehr Sätze Du im Laufe eines Tages umwandeln kannst, umso schneller wird Dir klar werden, auf welchem neuen Gleis Du weiterfahren willst.

„Ich weiß nicht, was ich will" gilt also nicht. Wenn Du merkst, dass Deine Gedanken wieder einmal Amok laufen, mach Dir bewusst, dass Du nicht Deine Gedanken bist, dann wirst Du Abstand empfinden und es nicht so ernst nehmen, was Dein Verstand da gerade wieder von sich gibt.

Der Verstand kann den ganzen Tag plappern und er nimmt sich furchtbar ernst, doch bald laufen diese Gedanken ins Leere und Du kannst Dich auch einmal darüber darüber amüsieren, was so ein Verstand den ganzen lieben langen Tag von sich gibt.

Wenn Du „Feinde" hast oder andere Dir gerade das Leben schwer machen, dann hilft es Dir gar nichts, wenn Du fluchst und schimpfst und sie fürchterlich findest. Es hilft Dir aber sofort, wenn Du sie links liegen lässt und Deine Gedanken umgehend auf etwas anderes richtest.

Wenn die Gefühle so stark sind, dass Du immer wieder dahin zurückkehrst, dann nimm Dir einfach vor, all diese Gefühle zu „genießen", genieße Deinen Hass, Deine Wut, Deinen Ärger, Deine Niedergeschlagenheit, übertreibe sie und lass Dich ganz darauf ein, damit wirst Du ganz schnell Abstand dazu bekommen, und als Ergebnis kannst Du schneller darüber lächeln, als Du glaubst. Wenn Du denkst, dass Du ein Opfer der Umstände bist, erkläre Dich bereit, alles, was mit Dir geschieht, in Deine Verantwortung zu nehmen, und geh davon aus, dass Du diesen Film gedreht hast, in dem Du gerade stattfindest, und daher jederzeit die Szenen umschreiben kannst und wählen kannst, wie Du es gerne hättest.

Tatsächlich hast Du immer die Wahl, aber das wird Dir vielleicht nicht gleich zugänglich sein. Du hast Deinen freien Willen bekommen, um zu wählen, wozu sollte er sonst gut sein? Sobald Du das mitgekriegt hast – dass Du wählen kannst –, wähle, was das Zeug hält.

Wähle so aus, als wäre alles schon da für Dich – aufgeschichtet in den Regalen des größten Supermarkts, des Universums. Alles, was Du denken und wählen kannst, gibt es dort schon und es wartet auf Dich.

Fortschreitende:

Lache, was das Zeug hält. Lache über Dich und alles, was Dir begegnet. Wenn es gut ist, wird Dein Lachen es verstärken, wenn es schlecht ist, wird es sich in Deinem Lachen wandeln. Inzwischen liebst Du es, dankbar zu sein, daher ist das keine Schwierigkeit für Dich. Danke nun für alle und alles in Deinem Umfeld, von dem Du willst, dass es sich zum Besseren wendet. Du kannst damit niemandem schaden, denn Du wirst nur das wollen, was gut und hilfreich und schön und angenehm ist.

Kreiere in großen Zusammenhängen ein globales Bild einer Welt mit glücklichen Menschen, einer heilen Umwelt, einer Welt der Freude, der Kooperation, der Schönheit, der Wunder …

Sobald Du Dich gefühlsmäßig darauf eingeschwungen hast und Dir einige Minuten genüsslich zu Gemüte führst, wie gut sich das anfühlt – danke Dir und leb Deinen Tag entspannt weiter.

Erinnere Dich jeden Tag daran, dass Du Teil des Ganzen bist und alles, was für Dich funktioniert, auch für die anderen möglich ist. Damit erschaffst Du mächtige Felder, in die andere einsteigen können und den Segen erfahren, den Du bereits gespendet hast. Je mehr Menschen zu diesen kraftvollen Feldern Zugang haben, umso leichter wird es für die ganze Menschheit.

Erinnere Dich, dass Du ein mächtiges und wirksames Wesen bist und dass das, was Du denkst und fühlst, einen großen Unterschied machen kann und wird.

Erwarte Tag für Tag nichts anderes als Freude, Harmonie, alle Wunder, Schönheit etc. und alles, was Dir ganz wesentlich erscheint. Erwarte es als das Selbstverständlichste der Welt. Was immer Schräges, Schwieriges deinen Weg kreuzt, urteile nicht darüber, liebe es bedingungslos und segne es, es wird sich wandeln.

Lies eine Tageszeitung und streich alles rot an, was schon so gut ist. Unterstreich jede positive Meldung, die Dir zwischen die Finger kommt, und danke dafür. Liebe, was das Zeug hält, liebe alles und jedes, so wie es ist und so wie Du es haben willst.

Liebe Kraut und Rüben, liebe Großes und Kleines, liebe Erfolge und Misserfolge. Du weißt ja bereits, dass die Liebe, von der hier die Rede ist, kein sentimentales, romantisches, karitatives Gefühl ist, sondern die neutralste Sache der Welt.

Liebe ist kein Gefühl, sie beinhaltet alle Gefühle, aber geht weit darüber hinaus. Es genügt also, wenn es Deine Absicht ist, zu lieben, die Ergebnisse stellen sich von selbst ein. Sobald Du beobachtest, wie es wirkt, ist es keine große Sache mehr für Dich, sondern ganz selbstverständlich.

Die Wahl treffen

Das, was wir wählen, wird sich letztendlich manifestieren. Sobald wir eine Wahl getroffen haben, schließen wir für den Moment all die anderen Möglichkeiten aus, die wir auch hätten wählen können.

Das macht manchen von uns Probleme: Unsere Sprache hat ja auch einen Konjunktiv und wir „hätten" und „könnten" auch anders …

Wir sehen uns leid an all den tausenden Möglichkeiten, die alle für uns da sind (denkt an ein Supermarktregal mit 500 Sorten Reis …).

Wenn wir aber nicht wählen und daher auch keine Entscheidungen treffen, bleibt alles im „Ungeborenen" und gar nichts geschieht oder das geschieht, was immer geschieht, es bleibt alles beim Alten, Dann beklagen wir uns, dass in unserem Leben sich nichts verwirklicht.

In Wirklichkeit betrachten wir voll Vergnügen all die vielen Möglichkeiten und bleiben in dem Zustand stecken, dass wir KÖNNTEN. Leben bedeutet also die Wahl treffen, immer und immer wieder.

Diese Wahl zu treffen wird bedeutend einfacher, wenn wir uns nicht so sehr an die Formen, Dinge binden, die wir wählen können, sondern an die Qualitäten und Eigenschaften, die wir erfahren und leben wollen.

Wenn wir z.B. Freude wählen, so ist es nicht mehr so wichtig, ob es das rote oder das grüne Kleid wird, das diese Freude ausdrückt. Wenn wir Frieden, Freiheit, Harmonie, Schönheit, Erfolg etc. ... wählen, dann wird die Form schließlich nicht mehr so wichtig sein. Und es ist sicher einfach, Freude und Frieden zu wählen, denn niemand von uns würde bewusst Freudlosigkeit und Unglück wählen. Klug ist also, wer seine Wahl dorthin legt, wo sie leicht und eindeutig zu treffen ist – auf die guten Gefühle.

Das schließt keineswegs die Welt der Formen aus. Wenn Du sicher bist, dass Du ein froschgrünes Kabrio haben willst, weil es Dein Ausdruck von Lachen und Freude ist und weil Du einfach die Erfahrung machen willst, wie es ist, in einem froschgrünen Kabrio durch die Alpen zu fahren (Schönwetter selbstverständlich mitbestellt), dann wähle es und es wird früher oder später in dein Leben treten, denn es ist das Gesetz der Anziehung, das alles in Dein Leben bringt, was Du aus ganzem Herzen wählst.

Bedaure nicht, was Du gewählt hast – sei bereit, es vollkommen zu erfahren. Wenn Du aus der Erfüllung Deiner Wünsche den Gewinn ziehst, dass es nicht das war, was Du wirklich wolltest, so hat es Dir gedient, das zu erkennen und weiterzugehen.

Je weiter Du fortschreitest, umso bewusster wird es Dir werden, dass es immer die guten Gefühle sind, die Du wählen willst und dass Du dazu nichts brauchst – weil Du es bereits bist. Doch das ist die hohe Schule und der Weg dorthin darf genauso viel Spaß machen.

Realität

Du kannst nie die Realität des anderen bestimmen oder gestalten, das macht jeder für sich, egal ob Dir das nun passt oder nicht. Du kannst aber jederzeit Deine Realität verändern, denn Du hast freien Willen und kannst denken und fühlen, was Du zu erfahren wünschst, überall und jederzeit.

Das bedeutet manchmal, dass Du vieles hinter Dir lassen musst, weil es nicht dem entspricht, was Du willst. Es ist Dein Recht, nichts auszuhalten und nirgendwo zu bleiben, wo es Dir nicht gut geht.

Viele Menschen verzichten darauf, weil sie nicht durch die Zone der Verluste und Abschiede gehen wollen, die oft damit verbunden sind. Altes und Vertrautes geht, und das tut oft weh.

Daher versuchen wir meistens, unser Umfeld nach unseren Wünschen zu verändern, und fordern vom anderen, dass er sich mit uns verändert. Das kann er tun, er muss es aber nicht.

Du kannst niemanden vor dem Untergang SEINER Titanic retten. Stattdessen kannst Du Dein Inselparadies beziehen. Viele von uns fühlen sich aber schuldig, denn sie glauben, sie haben jemanden hinter sich gelassen, und sie sind traurig, dass nicht alle „gerettet sind".

Du wirst die Erfahrung machen, dass viele Deinem Beispiel folgen werden, denn im Inneren will niemand „untergehen", sondern jeder will sein gutes Leben erfahren. Du kannst darauf vertrauen, dass zu seiner Zeit jeder den nächsten Schritt in seiner Evolution machen wird.

SPIRIT

Lieber Freund, es gilt zu erkennen, dass Du zu dem beiträgst,
was Du nicht willst, wenn Du Dir Sorgen machst oder wenn Du versuchst,
den anderen zu bewegen.

Es wird Dir jedoch leichtfallen, Dein Gutes in Empfang zu nehmen und
Deine Realität zu gestalten, wenn Du weißt, dass dieses Geschehen
ganz bestimmten Gesetzen folgt, die jeder anwenden kann.

Du bist also nicht dafür verantwortlich, den anderen zu ändern,
jedoch ist es ein Ausdruck Deiner Selbstverantwortung, wenn Du allen hilfst,
die Gesetze des Universums zu verstehen.

Du bist in diesem Sinn Lehrer und Vermittler und wirst nie müde,
darauf hinzuweisen, wie es geht. Und indem Du das tust,
bist Du stets selbstbewusst und bestrebt, die Prinzipien in eigener Sache zu leben.

Statt zu kritisieren, was noch nicht ist, lege die Dankbarkeit zu dem, was ist,
und zu dem, was Du erfahren willst. Vor allem aber sei Dir so dankbar dafür,
dass Du den Weg gehst, wie das Universum Dir dankbar ist.

Was Du damit erschaffst, ist tiefer Friede und die Gewissheit,
dass der Wandel geschieht. Beschleunigter Wandel geschieht,
wenn sich die Bereitschaft und das Wissen erhöhen.

ÜBUNGEN

Hier möchte ich eine kleine Auswahl an Übungen präsentieren. Diese Übungen sind so einfach, wie sie mächtig sind. Sie folgen keiner bestimmten Ordnung. Ich habe sie so aufgeschrieben, wie sie mir eingefallen sind. Zwing Dich zu keiner Übung, das nützt gar nichts, mach sie nur, wenn es Dir gerade Freude macht und wenn Du es willst.

LICHTATEM

Atme ein und mach Dir dabei bewusst, dass dieser Atemzug neu ist. Du hast ihn noch nie gemacht. Mach Dir die Atempause bewusst, dies ist die Stille, der Augenblick, indem Du ruhst. Atme nun kräftig aus und verbinde damit den Wunsch, dass Dich alles in Frieden verlässt, was Du nicht mehr brauchst. Mach Dir bewusst, dass Du den Atem nicht lange anhalten kannst, dass Atem ein Fluss ist, der selbsttätig geschieht. Atem ist ein mächtiges Instrument, mit dem Du abgeben kannst, was Du nicht brauchst, und anziehen, was Du zu fühlen wünschst. Ich atme aus, was ich nicht mehr brauche. Ich gebe mit diesem Atemzug dem Universum zurück, was abfließen will. Ich atme ein und fülle mich über diesen Atemzug mit …
Wohlwollen, Freiheit, Liebe, Harmonie etc.

DANKBARKEIT

Schreib Dir, sooft Du Lust hast, eine Liste mit Dingen auf, für die Du dankbar bist. Erweitere diese Liste um jene Dinge, Situationen, Menschen etc, für die Du dankbar sein willst.

Schreibe auf, wofür Du dankbar sein willst, indem Du Dir vorstellst, es ist schon in Deinem Leben. Wenn Du auf die Straßenbahn wartest oder irgendwo sitzt und Dich langweilst, beginne die Übung der Dankbarkeit. Wenn Du Dankbarkeit so in Dein Leben integriert hast wie Zähneputzen, dann ist es ein sehr wirkungsvolles Instrument, Dein Leben zu wandeln. Danke allen Menschen großzügig und ausgiebig, für all das Gute, das über sie in Dein Leben kommt. Schicke Deinen Dank zu Gott (Quelle, Universum), zur höchsten Energie, die Du Dir vorzustellen bereit bist. Das veredelt Deinen Dank und macht ihn besonders kraftvoll.

ICH BIN

Entspanne Dich und beginne zu formulieren: „Ich bin", und setze diesen Satz fort mit allem, was Du SEIN willst. Ich bin harmonisch, Ich bin reine Freude etc., und fühle der Wirkung jedes Satzes in Dir nach. Du wirst feststellen, dass sich Deine innere Wahrnehmung umgehend verwandelt.

ICH WILL NICHT – ICH WILL

Falte ein Papier in der Mitte. Auf eine Hälfte schreibst Du auf, was Du nicht willst. Mach Dir bewusst, was es dann ist, was Du willst, und schreibe dies auf die andere Hälfte des Papiers. Fahre damit fort, bis Dir nichts mehr einfällt, und ergänze diese Liste laufend. Dies wird Dir helfen, immer deutlicher herauszufinden, was Du wirklich willst.

WUNSCHLISTE

Führe eine fortlaufende Liste, in der Du alle Wünsche notierst, die Du von Herzen hast. Fahre mit dieser Liste über einen längeren Zeitraum fort. Mit der Zeit wirst Du feststellen, dass sich gewisse Wünsche auf Deiner Liste wiederholen. Schreibe eine neue Liste, in der Du alle Wünsche auflistest, die sich über die Zeit wiederholt haben. Mit der Zeit wirst Du ein Destillat Deiner Wünsche erfahren und merken, welche Wünsche Dir wichtig sind und welche Wunscherfüllungen Du wirklich erfahren willst. Wünsche, die nur aus dem Verstand kommen, fallen mit der Zeit von selber ab.

SPRACHE WÄHLEN

Beobachte bewusst, welche Worte Du verwendest und welche Worte in Deiner Sprache wertend und beurteilend sind oder Dir in einer anderen Art und Weise nicht guttun. Schreibe diese Worte auf, ersetze sie durch Worte, die Dir ein gutes Gefühl bereiten, und streiche die alten Worte durch. Beschließe sie aus Deinem Vokabelbuch zu entfernen.

KLARE, AFFIRMATIVE, NÜTZLICHE GEDANKEN DENKEN

Setz Dich ein paar Minuten hin und denke in diesen Minuten (am Anfang genügen ein, zwei Minuten vollkommen) ausschließlich von Dir gewählte, kraftvolle und unterstützende Gedanken. Denke alle Gedanken, die Du denken willst. Diese Übung schult den Willen und hilft gleichzeitig auf dem Weg zur Materialisation dessen, was Du willst. Du wirst erfahren, wie viel Disziplin es braucht, bewusst zu denken. Spüre der Wirkung Deiner bewusst gewählten Gedanken nach.

ICH SEHE EIN(E)N) HEILE(N) ...

Schau in Dein Umfeld und wähle Personen oder Umstände aus, die nicht so sind, wie Du sie gerne hättest. Beginne nun damit, diese Personen, Umstände vollkommen heil und glücklich zu sehen und zu fühlen. Verwende dazu all Deine Sinne. Setze die Übung fort und sieh die ganze Welt heil. Erschaffe ein Bild einer Welt, in der Du und andere gerne leben wollen. Je selbstverständlicher es Dir gelingt, dein Umfeld heil zu sehen, umso mächtiger und wirksamer bist Du.

SCHULE DEIN FÜHLEN

Bestimme, wie Du Dich fühlen willst, und lass das entsprechende Gefühl aufsteigen. Wenn es nicht gleich funktioniert, bleib entspannt dran und mach die Übung bei nächster Gelegenheit wieder. Es wird Dich unterstützen, das zu fühlen, was Du fühlen willst, und Dir damit eine Möglichkeit zur Hand geben, Deine Gefühle zu verändern und zu wählen. Wenn Du Dich gerade schlecht fühlst, probiere Folgendes: Stell Dir vor, Dein schlechtes Gefühl ist wie ein Gewand, das Du ausziehen kannst. Fühle, was Du fühlst, wenn Du dieses Gewand abstreifst.

LUSTVOLLES BILDERN

Nimm Dir Begriffe, die Du sehr gerne hast, z. B. Glück oder Freude, oder … und frage Dich, in welche Bilder kleide ich diese Begriffe, was fällt mir dazu ein, wie drückt sich das in meinem Leben aus, wie will ich, dass es sich ausdrückt?

WEDER NOCH – SOWOHL ALS AUCH, WENN – DANN ÜBERSCHREITEN

Wenn es in Deinem Leben viel „entweder – oder" oder auch „wenn – dann" gibt, dann hilft Dir die Übung: Ich will all das und noch viel mehr. Mach Dir bewusst: Ich will das und das auch, ich will sowohl als auch und das will ich auch noch. Ich will alles, was mir guttut. Das hilft Dir Konflikte zu übersteigen und sie von einer höheren Warte aus wahrzunehmen und Verzicht aufzugeben. Überlass es dem Himmel, in Form zu bringen, was Deinem Verstand nicht möglich erscheint.

BEWUSST DIE WAHL TREFFEN

Schau hin zu Situationen deines Lebens, wo es gilt, eine Wahl zu treffen. Triff die Wahl ganz bewusst. Wenn Dir das nicht möglich ist, triff bewusst die Wahl, wie Du Dich in Bezug auf diese Situation fühlen willst. Das wird Dein Gefühl und die Situation verändern.

LICHT AUSDEHNEN

Sende überall hin Dein Licht, oder dehne Dein Licht überall dorthin aus, wo Du es teilen willst. Umfasse mit Deinem Licht alle Situationen, deren Wandel Du willst. Mach Dir bewusst, dass sich das Licht mit Deinem Atem ausdehnt. Mach diese Übung ganz entspannt, dann ist sie noch weit wirkungsvoller.

LÄCHELN UND LACHEN

Stell Dich vor den Spiegel, begrüße Dich und lächle Dich von Herzen an. Wenn Du willst, dann lach Dein Spiegelbild an. Mach diese Übung ausgiebig und oft. Gehe durch eine belebte Straße und lächle alle Menschen an. Diese Übung ist besonders machtvoll.

HUMOR AUFSTEIGEN LASSEN

Stell Dir vor, wie Du schwierige Situationen humorvoll betrachtest. Lach auch mal über Dich und sammle die besten Witze, die Dir unterkommen. Sieh Dir lustige Filme an, richte Dich auf alles aus, was Deinen Humor beflügelt. Setze Dich in die U-Bahn/den Bus/aufs Finanzamt ... und stell Dir alle Menschen lachend vor. Frage Dich, wie würde ich diese Situation wahrnehmen, wenn ich sie mit Humor sehen würde?

Ich sehe eine heile Welt

Sind wir nicht ganz dicht, wenn wir sagen: Wir sehen eine heile Welt? Sehen wir nicht, was alles aus dem Ruder gelaufen ist? Sehen wir nicht, wie viel Leid, Elend und Schmerz, Korruption und Gewalt auf diesem Planeten herrschen?

Wir brauchen gar nicht in die Länder der Dritten Welt zu schauen, wir brauchen doch nur vor die eigene Haustüre zu gehen und schon sind wir konfrontiert mit unglücklichen Menschen und Schwierigkeiten aller Art. Wenn wir uns dazu entschließen, eine heile Welt zu sehen, dann tun wir das aus unserer Liebe heraus, aus der Gewissheit, dass wir mächtige und wirksame Wesen sind und dass die Art, wie wir die Welt sehen, Kraft und Bedeutung hat.

Indem wir die Welt heil sehen, setzen wir einen mächtigen Impuls, dass die Welt heil wird. Denn der Beobachter verändert das, was er beobachtet, dadurch, wie er es beobachtet. Wenn es unsere Intention ist, eine heile Welt zu sehen, so setzen wir absichtsvoll eine neue Sicht der Dinge und diese Absicht wirkt.

Erinnern wir uns: Gedanken, Gefühle, Intentionen erschaffen Wirklichkeit. Wir müssen bereit sein, diese neue Welt aus unserer Freude oder unserer bedingungslosen Liebe heraus zu sehen. Wir haften nicht emotional an, wir regen uns nicht auf, wir sagen ja zu dem, was sich derzeit zeigt, und gehen sofort und ausschließlich dazu über, ein Bild, ein Gefühl einer Welt zu erfahren, die heiter, froh, entspannt, paradiesisch ist. Können wir das? Ja, das können wir nach all den Erfahrungen des eigenen, inneren Wandels, den wir erlaubt und zugelassen haben.

Diese neue Welt erschafft sich aus uns heraus und aus der Art, wie wir sie gemeinsam zu sehen bereit sind. Wir folgen damit einem natürlichen Impuls, der in uns allen schlummert. Jeder Mensch will glücklich sein, und was wir für uns wollen, wollen wir für jeden Menschen auf dieser Erde. Sobald wir es geschafft haben, es für uns zu wollen, und aus allen Dramen unseres Lebens ausgestiegen sind, wird es leicht, es für den Mitmenschen zu wollen, denn wir unterscheiden uns in unseren Wünschen nach Wohlbefinden, Freude, Glück nicht voneinander.

Wir unterscheiden uns wohl in den Formen, die wir wählen, oder in unseren Vorlieben, nicht aber in unserem wesentlichen menschlichen Wünschen. Diese gemeinsame Basis erlaubt uns, jeden Menschen zu erreichen, der dafür offen ist. Wenn unser Schauen aus einem reinen Herzen kommt und uns bereits leicht fällt, dann ist es machtvoll und sehr unterstützend.

Lasst uns also hinschauen, so, als wäre alles schon so, wie wir es uns wünschen, lasst uns dies freudig tun und mit Humor und Lachen, und lasst es uns in aller Einfachheit tun, so, als wäre es das Selbstverständlichste auf der Welt, eine heile, glückliche Welt, ein Paradies zu sehen.

Die Zeit ist reif dafür und die Ergebnisse beginnen sich allerorten zu zeigen. Warum ist die geistige Einstellung und Arbeit so wichtig, warum ziehen wir nicht einfach hinaus in die Welt und leisten tätige Hilfe, wo immer sie vonnöten ist? Weil jedes Tun sehr viel länger brauchen wird als der Wandel, der über das neue Denken und Fühlen geschieht.

Es ist wie ein Schneeball, der zur Lawine wird und alle mitnimmt, die selbst das kleinste Ja sprechen. Der Wandel geschieht dann exponenziell immer schneller und das neue Tun folgt ohne Anstrengung, sozusagen als natürlicher Ausdruck unseres Fühlens und Denkens. Es ist immer der eigene Wandel, der am Beginn des Wandels der Welt steht. Können wir uns also bereits als heil sehen?

Uns selbst heil zu sehen und eine heile Welt zu sehen geht Hand in Hand. Wir können nicht unglücklich bleiben und eine heile Welt sehen. Wir können keine heile Welt sehen und darin selbst unglücklich bleiben. Persönliches Glück und das Glück aller Menschen gehen Hand in Hand und sind natürlicher Ausdruck ein und desselben.

Es ist also egal, wo Du ansetzst, bei Dir oder bei der Welt – Du wirst zum selben Ergebnis kommen. Je nachdem, wie Du individuell geartet bist, wird das eine oder das andere der bessere Zugang für Dich sein, im Letzten fließen alle Flüsse ins Meer und Dein persönliches Leben wird Teil eines globalen Lebens sein, in dem die Menschen verstanden haben, dass die Welt und der Geist, in dem wir zu leben gelernt haben, EINS sind.

Glück ist ein innerer Zustand

Es ist wie mit den Butterbroten: Du kriegst Dein Butterbrot nicht, wenn Du Hunger hast und Dich verzweifelt danach sehnst. Du kriegst es erst, wenn Du Dich innerlich damit satt gemacht hast. So ist das. Wenn Du also im Außen freudvolle Erfahrungen machen willst, dann ist es wichtig, dass Du die Freude im Inneren spürst und bestätigst. Alles, was Dir hilft, Dich in einen guten Zustand zu versetzen, ist hilfreich.

SPIRIT

Wenn es Dir möglich ist, ein Universum zu sehen, das nur durch Dich kommt, in dem alles stattfindet, was Du glücklicherweise erwartest, dann bist Du frei. Das heißt nicht, dass diese Aussage nicht auch für Deinen Nächsten gilt, doch um den musst Du Dich nicht kümmern; wenn Dein Universum in Ordnung ist, ziehst Du automatisch jene an, die mit Dir spielen wollen und die großen Spaß mit Deinen Kreationen haben und mit Dir Neues gemeinsam erschaffen wollen. Wenn Du in Dir glücklich bist, weil Du Dich ausschließlich mit dem befasst, was Dir guttut, dann wird Deine Welt im Außen sehr schnell sehr gut aussehen und Dur wirst viel Genuss erleben. Wenn Du erkennst, dass selbst die leidvollen Spiele der anderen nichts anderes als Spiele sind, wird es Dir nicht schwerfallen, darin nicht mitzuspielen, und stattdessen über Dein Glück und Dein Leuchten dazu beitragen, dass die anderen ihre alten, leidvollen Spiele sattbekommen und damit aufhören.

Es gibt kein Zurück, es gibt eine ewige Entfaltung und Ausdehnung, die alles beinhaltet, was war, und jederzeit darüber hinausgeht. Es macht daher keinen Sinn, Dich nach den guten alten Zeiten zu sehnen oder den Wunsch zu hegen, zurückzugehen. Es gibt auch keinen Weg, den Du verloren hast, denn der Weg, den Du gegangen bist, war der Weg, den Du gegangen bist, und er liegt hinter Dir. Was immer Dir dort begegnet ist, hat dazu gedient, Dich weiterzuführen. Nichts bleibt, alles fließt weiter und wandelt sich. Deine Seele hat damit viel Freude, Deine Identität oder der Versuch, sie zu erhalten, vermutlich nicht. Denn das EGO will, dass bleibt und alles sich nur so weit verändert, wie es kontrolliert werden kann. Die Seele hingegen hat große Freude mit der laufenden Entfaltung und den immer neuen Erfahrungen, die sich gestalten. Versuche NIE etwas zu halten, es ist unmöglich, stattdessen mach Dir bewusst, dass Du kraft Deiner Gedanken und Gefühle, Deiner freudvollen Wünsche immer weiterkreieren kannst und immer neu erschaffen kannst. Dort liegt große Kraft, wir möchten sagen, immense Kraft. Wenn Du erkannt hast, dass Du immer weitergehen kannst und immer neu gestalten kannst, dann blüht Dein Wesen auf, und das Leben beginnt Spaß zu machen.

Manche von Euch möchten in die Vergangenheit oder in die Zukunft reisen, so, als gäbe es jene ohne Gegenwart. In Wirklichkeit ist alles in der Gegenwart – ist JETZT und daher immer zugänglich. Doch der Spaß des Lebens liegt ja nicht darin, Historien zu schreiben oder Dich immer woanders aufzuhalten als im Jetzt – sondern das Jetzt als alles wahrzunehmen und Dich darin zu bewegen und zu erfahren. Da alles im Jetzt beinhaltet ist, wirst Du keinerlei Mangel erfahren und voll Dankbarkeit genießen. Hör auf, Dir leid zu tun, hör auf, Selbstmitleid zu entfalten und Dich an dem leidzusehen, was nicht ist oder nicht mehr ist. Du hast ja JETZT die Möglichkeit, es neu zu sehen, neu zu erfahren, und Dein ewiger Geist genießt diese Reise und dieses Spiel. Wenn Du aufhörst, zu definieren, wer Du bist, kannst Du jederzeit der sein, der Du sein willst – und zwar JETZT.

Postskriptum und Quellenangaben

Wenn wir zurückschauen, wie sich die Sicht der Menschen auf sich SELBST in den letzten hundert Jahren verändert hat, dann lässt sich ablesen, wie groß die Sprünge sind, die wir gemacht haben.

Von der Entwicklung der analytischen Arbeit von Freud, Jung, Adler bis hin zu einem klaren Verständnis, wie wir unsere Welt kreieren, ist gerade mal ein Jahrhundert vergangen. Der große Aufbruch in Esalen in den beginnenden 70er Jahren, zeitgleich die Entwicklung der Systemtherapie, die Entwicklung des NLP (neurolinguistisches Programmieren), das als Erstes Modellcharakter hatte und keine Methode war; zeitgleich begann die Entwicklung des „Channelns", des Vermittelns geistiger Botschaften.

Wir können also davon ausgehen, dass speziell die Jahre des Aufbruchs in den 68ern zu einem neuen (humanistischen) Verständnis des Menschen geführt haben. Galt es lange noch, Methoden zu entwickeln, die den Menschen halfen, sich an ihr Leben anzupassen, so führt der neue Weg eindeutig dorthin, unser Leben zu kreieren und zu verstehen, wie das geht.

Nach meiner Einschätzung gibt es verschiedene Ebenen, die das Wissen sortieren, das in den letzten 50 Jahren neu editiert wurde, und das Wissen integrieren, das neu dazugekommen ist:

**Die Ebene des reinen Bewusstseins (pure awareness)
Hingabe an das Allseiende**
Hier sind jene Vertreter einzuordnen, die uns über den „erleuchteten Zustand" berichtet haben und uns dabei helfen,

reines Bewusstsein zu erkennen. Der Tenor ihrer Aussagen ist im Wesentlichen: Es braucht keine Intention, alles tritt aus sich selbst heraus in Erscheinung. Exemplarisch herausgegriffen z. B. Tony Parsons: www.theopensecret.com

Um in der Welt der Erscheinung Änderungen zu ermöglichen – und diese Änderungen folgen immer einem göttlichen Plan, einer natürlichen Ordnung, die aus dem großen Ganzen kommt –, braucht es nur, dass wir in den Zustand des reinen Bewusstseins zurückkehren.

Ich darf hier Frank Kinslow nennen, der in moderner Diktion schreibt und Übungen vermittelt, wie der Mensch ins reine Bewusstsein eintreten kann. www.quantumentrainment.com

Oder Richard Bartlett, der uns u. a. vermittelt, wie wir in parallele Versionen von uns selbst einsteigen können und wie wir in der Zeit reisen können, um uns für eine neue Version von uns zu entscheiden. www.matrixenergetics.com

Die Ebene der Gedanken, Intentionen, des Wollens
Federführend die Arbeit von Jerry und Esther Hicks über das Gesetz der Anziehung. Das, was wir denken und fühlen, das, was wir bereit sind zu erwarten, tritt in unser Leben.
www.abraham-hicks.com

Das Werk von Rhonda Bhyrne, das sich über die ganze Welt verbreitet hat. www.thesecret.com

Die Ebenen des physischen Handelns
Diese Ebene fasst alle Menschen und Aktionen zusammen, die sich damit befassen, tätig mitzuwirken, um einen Unterschied in der Welt zu machen, um Leid zu lindern, mit Tat jenen zur Seite zu stehen, die diese Hilfe brauchen.

NGOs, karitative Vereinigungen, Rotes Kreuz, Katastrophenhilfe. Mutter Teresa, verschiedene Programme der Entwicklungszusammenarbeit, Sozialhilfe.
Es ist jene Ebene, die sich mit dem befasst, was bereits manifest geworden ist. All die Ebenen, die ich hier nenne, sind keineswegs streng voneinander getrennt, sie fließen vielmehr ineinander und bieten nur unterschiedliche Punkte des Einstiegs in die neue Welt.

Wer sich mit der Materie befasst, kommt letztendlich zu dem Schluss, dass Wandlung und Veränderung dort am schnellsten und auch am nachhaltigsten geschehen, wo wir die höchsten Schwingungsfelder erreichen und uns in die nichtmanifeste Welt einklinken.

Änderungen geschehen dort am einfachsten, wo noch „nix fix" ist, wo wir also in das Land der Möglichkeiten und Wahrscheinlichkeiten eintreten.

Das mag jedem einleuchten. Es ist schwieriger, einen (bereits materialisierten) Tisch zu verändern als die IDEE eines Tisches. Je mehr wir also im Geistigen verankert sind, umso schneller und nachhaltiger wird sich die Welt des Manifesten verändern.

„Spirit" ist auf all diesen Ebenen verankert. Er hilft Menschen dort, wo sie sind, und hilft ihnen weiter einzutauchen und die Frequenzen anzuheben, wo die nächste Lernerfahrung zu machen ist.

„Spirit" scheut sich nicht, die Leichen aus dem Keller zu holen, aufmerksam zu machen, wo wir in alten Glaubenssätzen festhängen, unsere nicht bewussten Bereiche aufzuzeigen. „Spirit" ist nicht elitär und setzt nichts voraus, bringt uns langsam alle dorthin, wo Himmel und Erde zusammenfließen. Spirit ist nicht Technologie, nicht Konzept, sondern fließende Verbindung von allem, was heilt und hilft.

In diesem Sinn ist „Spirit" eine integrative Energie, die alle Ebenen miteinander verbindet, so wie es möglich ist und gebraucht wird. Wer die Arbeit von „Spirit" kennenlernen will, findet uns unter: **www.dasenergieteam.info**

Es ist mir nicht möglich, alle Bücher zu nennen, die ich in nunmehr fast sechzig Jahren gelesen habe, und alle Einflüsse zu nennen, die ich im Laufe meines Lebens erfahren habe.

Im Letzten war es immer meine Ausrichtung auf das Neue, die meinen Weg bestimmt hat. Zeitgleich mit meinem beginnenden Erwachen, tauchte das Wissen, das sich über mich als „Spirit" ausdrückt, an vielen Orten und über viele Personen gleichzeitig aus.

Kenntnis davon, dass so viele gleichzeitig auf dem Weg waren, erhielt ich erst viele Jahre später, als diese Menschen zu publizieren begannen und ihre Werke im Internet erschienen.

Heute weiß ich, dass ich gemeinsam mit vielen aufgebrochen bin. Und selbst jetzt, da ich diese Zeilen schreibe, ist mir bewusst, dass nur Worte auf dem Papier festgehalten werden können.

Wir fließen indes weiter. Der Fluss fließt und wir können ihn nicht halten – und wir wollen ihn auch nicht halten, denn der Fluss bezieht seine Schönheit aus seinem Fließen. Selbst wenn wir seinen Lauf beschreiben, so ersetzt dies doch nie das Erleben dessen, wie es ist, im Fluss zu sein, und wie es ist, der Fluss zu sein.

NOTIZEN

NOTIZEN

NOTIZEN

NOTIZEN

NOTIZEN